文豪と借金

「文豪と借金」編集部・編

泣きつく
途方に暮れる
踏みたおす
開きなおる
貸す

六十八景

方丈社

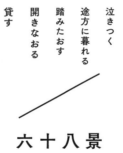

文豪と借金　目次

3章　踏みたおす

4章 開きなおる

5章　貸す

〈註〉

・一部、作品の前後を省略して掲載しています。

・一部、ルビを加えています。

・本書には今日から見れば不適切と思われる表現がありますが、作品が書かれた時代背景を考え、そのままとしました。

はじめに

金を借りるということは、自分が孤独ではないということを確認する作業と思えてきた

末永昭二

巨人王パンタグリュエルに、従者パニュルジュは言う。

「来る日も来る日もどなたかに借金なさいませ。そういたしますと、そのお方が、殿の御長寿御福楽を、絶えず神様にお祈りくださいますよ。つまり、貸金がふいになっては一大事と、どこの集まりへ行っても絶えず殿のことを褒めそやし、別な貸主を殿のために絶えず探し求めてくれることになりますが、それと申すのも、殿に新しい貸主から借金をおさせし、自分のほうへ御返済願いたいと念じてのことでして、他人の地所の泥で自分の堀を埋めようとの算段でございますな」

（渡辺一夫訳、岩波文庫版、一九七四年）

一五四六年にフランスで刊行された長編小説『第三之書パンタグリュエル物語』の数章を割いて議論されているのが「借金」。

陽気な従者パニュルジュが言いたいことはこうだ。借主が破産したり死んだりしては元も子もなくなるので、貸主は貸金を確実に回収するために、借主の商売がうまくいくように心を砕き、危難を回避するように計らう。王が死ぬと家臣が殉死しなければならないと決められたら、家臣たちは王が一日でも長く生きるよう誠心誠意立ち働くだろう。借主が王で債権者が家臣だ。人は時として他人にとって狼になるが、借金という枷《かせ》があれば、相手を思いやる心が生まれる。それなら、すべての人がたがいに借金をしあえば、この世は慈悲に満ちたものになるのではないか。

もちろん、これは十六世紀の詭弁学者を皮肉るパロディとして書かれたものだが、よく考えると一片の真理が含まれていないでもない。

金銭的な債務に限らず、誰しも有形無形に他人からの援助によって生きているという意味では、すべての人は誰かに債務を負っており、また他人に対して債権を持っている。つまり、社会は持ちつ持たれつで成り立っている。

借金という視点で見てみると、特に文士には、周囲の人物に甘えて際限なく借金を繰り返して破滅したり、さまざまな迷惑をかけたまま恬《てん》としていたりするものが目立つ。「いつか売れたら返してやる」という自信や、売れない後輩を援けるという文壇の構造もあるのだろうが、作家という孤独な生き方を選んだ者が、他人との関係が断ち切られるのを防ぐために、あえて借金という方法を選んだのではないか。苦しみながらも借金を繰り返すのは、金がほしいのではなく、人間関係を壊したくないからなのだ。本書の収載作品を改めて通読すると、金を借りるということは、借金の苦痛による「痛痒《いたがゆ》さ」で、自分が孤独ではないということを確認する作業ではないか、と思えてきた。そして、個人対企業の借金が主流である現代の眼で、個人対個人の濃密な人間関係を見ると、なにかうらやましささえ感じられてくる。

もちろん、こういう相互関係のための借金ばかりではない。本書には、社会システムに起因する生活苦や、やむを得ず負った家の借財を返済する話、借金にまつわる爽やかな美談もあり、貸す側の論理にも触れられている。

いずれも名うての文筆家の文章だ。楽しんでいただきたい。

1章

泣きつく

ふざけたことに使うお金ではございません。
たのみます。

――太宰治「太宰治の手紙」

昭和十一年四月十七日千葉県船橋町五日市本宿千九百二十八番地より京都市伏見区大手筋淀野隆三宛

謹啓

ごぶさた申して居ります。

さぞや、退屈、荒涼の日々を、お送りのことと深くお察しいたします。

生涯には様々のことが、ございます。私なども何か貴兄のお役に立つように、なりたいと、死にたい、死にたい心を叱り叱り、一日一日を生きて居ります。

唐突で、冷汗したたる思いでございますが、二十円、今月中にお貸し下さいまし。
多くは語りません。生きて行くために、是非とも必要なので、ございます。
五月中には、必ず必ず、お返し申します。五月には、かなり、お金がはいるのです。
私を信じて下さい。
拒絶しないで下さい。
一日はやければ、はやいほど、助かります。
心からおねがい申します。
別封にて、ヴァレリイのゲェテ論、お送りいたしました。
私の「晩年」も、来月早々、できる筈です。できあがり次第、お送りいたします。
しゃれた本になりそうで、ございます。
まずは、平素の御ぶさたを謝し、心からのおねがいまで。
たのみます。

治

淀野隆三学兄

ふざけたことに使うお金ではございません。たのみます。

昭和十一年四月二十三日千葉県船橋町五日市本宿千九百二十八番地より京都市伏見区大手筋淀野隆三宛

謹啓

私の、いのちのために、おねがいしたので、ございます。

誓います、生涯に、いちどのおねがいです。

幾夜懊悩のあげくの果、おねがいしたのです。

来月は、新潮と文藝春秋に書きます。

苦しさも、今月だけと存じます、他の友人も、くるしく、貴兄もらくではないことを存じて居りますが、何卒、一命たすけて下さい。

多くを申しあげません。

一日も早く、たのみます、来月必ず、お返しできます。

切迫した事情があるので、ございます。

拒否しないで、お助け下さい。

淀野学兄

一日も早く、伏して懇願申します。

昭和十一年四月二十六日千葉県船橋町五日市本宿千九百二十八番地より京都市伏見区大手筋淀野隆三宛

拝啓

こんなに、たびたび、お手紙さしあげ、羞恥のために、死ぬる思いでございます。何卒、おねがい申します。他に手段ございませぬゆえ、せっぱつまっての、おねがいでございます。たのみます。まことに、生涯にいちどでございます。

いま、本の校正やら、創作やらで、たいへん、からだをわるくして、やせました。昨日は、とうとう、一日寝てしまいました。この春さえ、無事に、通過すると、からだのほうは、大丈夫と存じます。五月には、きっと返却できますゆえ、四月中たのみます。

治

淀野隆三学兄

昭和十一年四月二十七日千葉県船橋町五日市本宿千九百二十八番地より京都市伏見区大手筋淀野隆三宛

淀野さん

このたびは、たいへんありがとう。かならずお報い申します。私は、信じられて、うれしくてなりません。きょうのこのよろこびを語る言葉なし。私は誇るべき友を持った。天にも昇る気持ちです。私の貴兄に対する誠実を了解していただけて、バンザイが、ついのどまで、来るのです。くにのお仕事で、インサンな気分のないのが、うれしくてなりません。つらいことも、随分、おありでしょうが、その辛さを一言も口に出さぬ貴兄の態度を、こよなく、ゆかしく存じました。

よい芸術家には、充実したるホーム・ライフがある筈です。一冊の本を読《よ》んでは、すぐ読書余録。三日の旅をしては、旅日記。一日風邪《かぜ》で寝ては、病床閑語。これでは、助からない。人《ひと》らしく、生活すべきだと存じます。うの目、たかの目で、作品だけしか考え得ぬ人は、さぞかし苦しいことと存じます。作品は、いそがずとも、豊富のホーム・ライフをこそ切望いたします。

若輩、生意気を申して、おゆるし下さい。

衷心からお礼を。

治　拝

淀野隆三様

〔註〕この年の二月、太宰はパビナール中毒が進み、佐藤春夫氏の世話で、芝の済生会病院に入院したが、全治せぬまま退院し、この頃は、パビナールを一日四十筒も注射していた様子で、その代金に窮して、太宰は殆どの友人に借金申し込みの手紙を出したようである。淀野氏宛のこの四通の手紙は、その典型のようなものである。

山岸外史氏に「太宰治の借金」(「新潮」昭和二十五年十一月号)という、この淀野氏宛の手紙にいわば解説をした一文があるが、その中で山岸氏は次のように云っている。

「相当、ひとを小馬鹿にしたオダテ方である。ちなみに淀野君は、たしか、太宰よりも五歳の年長だとおもったが、太宰も、そのへんのところは、よく心得ていて、こういう手紙を書いているのである。(中略)けれども、また、この半面においては太宰にはひどく律儀なところがあって、送られた金に対して謝礼の手紙を忘れるような人間ではなかった。ひとから貰った手紙についても、できるだけ返事を認《した》めるというような、謙譲な態度もあって、この気持は、後半になればなるほど確乎《しっか》としていったようである。だから、この時期だけの手紙をもって、太宰の全人格を判定してはならない。やはり、時代と年月を中心として、かれがどんな形で発展していったかを正確に且つ親切にみてやらなければならない。」（編者註・各書簡末尾の註を一部略した）

『太宰治の手紙　返事は必ず必ず要りません』小山清編　河出文庫　２０１８年

若《も》し、無理に庵《いおり》を押し出されるような事があれば、
意識的に、食を絶って、放哉、死にます……。

——尾崎放哉「書簡」

大正十三年　十二月十四日　小沢武二あて

啓、御達者ですか、「短冊」の事を申してこられ早速《さっそく》御用命方を御返事して置いた次第です、松王丸の時とはちがって「持つべきものは友達だなー」と思いました　井氏最早御入落ですか、層雲着御礼申します、イツモ〳〵お金も無いくせをしてかれこれ送って下さい〳〵と申す事、厚かましい次第、平に御許しく〳〵、来春にでもなれば、誰かお金をくれる者はないかと思え共、万まとまったお金でなければ嫌故、誰も、そんな「クレップリ」のよい奴は出て来まいと思います、

大正十五年　二月七日　住田無相あて

……但《ただし》、放哉……牛肉のスキヤキが好物也……之《これ》はコヽでは、百匁四十五銭します……之を時々タベタイな、呵々……此の頃東京のマグロのすしや、ウナギのカバヤキ、テンプラ（エビの）が思い出され、ムヤミにくいたい、呵々……是非もない事なり。……此《こ》の間アンタから送って貰ったお金で、何度も〳〵牛肉のスキ鍋をやっては一人で舌づゝみ打ちました事です。御礼〳〵。又、将来、アンタの御不自由なさらぬ程度でお金がありましたら、イクラでも結構、牛肉代に送って下さいな。待てますよ、呵々。

大正十五年　三月二十三日　荻原井泉水・内島北朗あて

手マワリの世話はウラのお婆さんが、一切してくれます……之に、世話になって居れば（薬）は呑まぬのだから……其内、（精神修養）で、持ちなおして行くか……又は、お婆サンノ世話になって、自然の中に死ぬかであります。此《この》お婆さんに、御礼金の必要あるのです、京都出養生費用を、アトデこの婆さんに、向けてもらえたら……之が、一番の良法であり、又、くどくであります……申し上げる事は、ナンボでもありますが要するに、此の庵……を死んでも出ない事……之れ丈《だけ》が、確実な決心であります……。若《も》し、無理に庵《いおり》を押し出されるような事があれば、意識的に、食を絶って、放哉、死にます……。

〈註〉「先にも引用した『東洋生命時代の尾崎放哉』を語る座談会の速記録からの引用である。『放哉の書いたものは俳句のほかに手紙でして、手紙は非常にたくさん書いたのです。主として南郷庵にいた時分ですけれども、一つは用がないから慰さめとして手紙を書く、一つは率直に言うと放哉の小遣いを集める手段だったのです。方々へ手紙をやって返事と一緒に為替が入ってくるわけです。ですから手紙を書くのは一つ慰さめであるとともに一つは生活、というとおかしいけれども、そのために盛んに手紙を書いたのです。』

『尾崎放哉随筆集』「解説」（村上護）

『尾崎放哉随筆集』講談社文芸文庫　２００４年

このメモに現われた彼の姿の、
何という見すぼらしさであろうか。

――石川啄木「啄木の借金メモ」（宮崎郁雨）

「啄木借金メモ」（写）

註（この写書中――　―間の文字は宮崎の書入である）

（渋　民）

瀬　―宮崎曰く瀬川深？　二五円〇〇

以下之に準う―

駒　―駒井與惣吉―　九、〇〇

福幾　―福田幾一郎―　五、〇〇

立直　―立花直太郎―　五、〇〇

父　―一禎―　一〇〇、〇〇〇
上野　―さめ子、渋民小学校同僚―　三、〇〇
沼　―沼田清民―　七、〇〇〇
小計　一五四、〇〇〇
（盛　岡）
堀合　―忠操、岳父―　一〇〇、〇〇〇
清岡　―等―　一〇、〇〇〇
大信田―金次郎＝落花―　八〇、〇〇〇
大矢　―馬太郎―　一〇、〇〇〇
川越　―千代治―　五、〇〇〇
長岡　―擴―　三、〇〇〇
小笠原―謙吉＝迷宮―　一五、〇〇〇
高野　―俊治―　一〇、〇〇〇
工藤　―寛得又は大助―　一〇、〇〇〇

――家賃?――　四〇、〇〇
小計　二八三、〇〇

（仙　台）

土井　――晩翠――　一〇、〇〇
大泉　――旅館――　七、五〇
小計　一七、五〇

（北海道）

山本　――千三郎、次姉の夫――　一〇〇、〇〇
宮崎　――大四郎＝郁雨――　一五〇、〇〇
西堀　――藤吉＝秋潮、東京新詩社々友――　二、〇〇
大塚　――信吾＝薪梧、苜蓿社々友――　五、〇〇
和賀　――市蔵＝峰雪、苜蓿社借家主――

松坂　―運吉＝豁見、同右同居者―　一五、〇〇
小樽　―家賃？―　一五、〇〇
佐田　―庸則、小樽日報記者―　一〇、〇〇
小国　―善平＝露堂、北門新報記者―　六、〇〇
関サツ―釧路下宿屋―　五、〇〇
坪　―近江仁子＝小奴―　五〇、〇〇
俣野　―景吉、釧路病院長　―四、〇〇
日景　―安太郎＝緑子、釧路新聞主筆―　五、〇〇
佐藤　―国司＝南畝、釧路新聞社顧問―　一〇、〇〇

クシロ本屋――　―　一六、〇〇
〇コ　―喜望楼、釧路料亭―　七、〇〇
シヤモ―鶤寅、同右―　一二、〇〇
鹿島屋―同右―　二三、〇〇
料理や―　―　四、〇〇
遠藤　―隆、釧路第三小学校訓導、
弥生校同僚―　一五、〇〇
在原　―清次郎、小樽日報記者―　五、〇〇
小計　四八三、〇〇

（東　京）

佐土原町―下宿、井田芳太郎―　二五、〇〇
大和館―同右―　七〇、〇〇

大館　―同右―　三〇、〇〇
金田一―京助＝花明―　一〇〇、〇〇
栗原　―元吉＝古城―　五、〇〇
北原　―白秋―　一〇、〇〇
太田　―正雄＝木下杢太郎―　一、〇〇
藤条　―静暁、新詩社社友―　一、〇〇
平野　―久保＝万里―　一、五〇
同　―　―　（本）四、〇〇
並木　―武雄＝翡翠、苜蓿社同人―
（時計）九、〇〇
熊谷　―弥兵衛―　二、〇〇
平出　―修―　一一、〇〇
堀合　―由巳―　一、〇〇
小山内―薫―　三、〇〇
長谷川―誠也＝天渓―　三、〇〇

細川　―芳之助―　一五、〇〇〇
吉井　―勇―　（インバ）二、〇〇〇
浪岡　―茂輝―　一、〇〇〇
藤岡長和―新詩社社友―　三、〇〇〇
小計　二九七、五〇〇

中野　―?―　一、五〇〇
田沼　―甚八郎―　五、〇〇〇
柴内　―陸七郎―　一、〇〇〇
蓋平館―東京下宿屋―　一三〇、〇〇〇
小計　一三七、五〇〇
合計　一三七二、五〇〇

（編者・中略）

この画（編者註・啄木の肖像画）が同館（同註・函館図書館）に掲げられることが新聞で報道された時、奥地の某なる人から痛烈な抗議の手紙が送られて来た。「啄木の如き詐欺的不徳漢の肖像を、公的教育機関である図書館に掲げるのは以ての外の僻事《ひがごと》だ」という要旨であった。岡田館長は無論一笑に付してしまったが、私の心にはかなりに痛いものが残った。借りっ放しの借金が、斯《こ》うした遺恨を胚胎《はいたい》させるのは当然の成行である。そしてその遺恨の深度は必ずしも金額の大小に係わるものではない、とすれば、啄木はこのメモの上だけでも六十人程度の多数の対手から恨まれるか、或は不信を持たれて居たことを立証する。しかもそれが何《いず》れも彼の知人であり友人である場合、私は彼の借金の拙劣さを罵倒したくなる。彼はその借金の拙劣さのために、自らの世間を狭めてしまったのである。私は前に「啄木は借金することに於《おい》てもやはり天才的であった」と話したことを書いたが、これは無論その場のざれ言であった。彼が若《も》し本当に借金の天才であれば、あの縦横の才力と巧緻な計画性を活用して、今の何々経済会、或は何々産業の様な大掛りな借金をすることも、敢《あえ》て難事でなかったに相違ない。やり様によっては、少くとも私一人からでももっと多くの金を引出し得た筈《はず》である。然し、彼は所詮実世間的には無力な、気の毒な男であった。このメモに現われた彼の姿の、何という見すぼらしさであろうか。この歌に詠まれた彼の心の、何という惨めさであろうか。それを思えば私の目からは、悲しさと腹立たしさのごちゃごちゃになった涙が出そうである。(昭和三十五年十一月)

『啄木全集　第8巻』筑摩書房　1968年

五六日は無一文で暮さなくてはならない。

――森茉莉「借金」

私は近所の銀行に、ほんの少しの預金をしていて、そこへ入って来た金を持って行って入れ、又そこから要る金を出して来て、生活しているが、いつも頭がぼけているので、銀行へ行くことを忘れていたことに気がついて、さて行こうと思うと不思議に土曜日の午後である。

或《ある》土曜日、例によって「失敗《しま》った」と思ったが、次の瞬間ひやっとした。前に引き出した時に、判が紛失していて無かったのを、無理に懇願して判なしで出して貰ったのだが、それをそのまま忘れていたので、今度は紛失届けと改印届けをした上でないと金を出すわけにはいかないのである。紛失届けと改印届けを出し、それが受け付けられて定《き》まった手続きを踏んだ後、ようよう金が出せるのであるから、少なくとも五六日は無一文で暮さなくてはならない。先ずいつものように萩原葉子に電話をかけると、憎らしいことに出かけている。私はそういうことになる度《たび》に、紅茶もミルクも、牛肉、人参、玉葱も、蜂蜜も、チョコレエトも、すべてピタリと鼻の先《さき》で扉をたてられたように買うことが出来なくなるのを怒り、自分の金なのにどうして出せないんだ、と、銀行員というにくむべき存在を呪って怒るのである。仕方なく、前によく、珈琲代がない時に本を売った店に行って借金を申込んだ。いずれ萩原葉子から借りるとしても二千円は借りたいところだったが、いざとなると多すぎるような気がするので五百円と言ってしまった。忽《たちま》ち無くなって次に葉子に借りたが、これも又無くなり、電話をかけると又留守である。室生朝子氏にかけると家にくるようにということなので行くと、朝子氏は犀星に面白い借金の理由を話した。犀星は背中にある戸棚の抽出しから札の入った皮の紙入れを出し、(二千円では足りんでしょう)と一枚、二枚、と数えて五千円を出し、又後から白い封筒を出して札を入れて火鉢ごしに差出した。私はひどく感動して受とったが、犀星が床につく九時が来て朝子氏の住む離れに行こうという時、その大喜びで受取ったばかりの封筒を犀星の、中央公論から貰った置時計のある棚において来てしまった。それを朝子氏が私を車で送る途《みち》で栃折久美子を誘って酒場に入った時、思い出した。朝子氏がハンドバッグを探り、(丁度こゝに持っていたから、同じでしょう?)と言って五千円を出して渡そうとしたが、それでは甚《はなは》だ不満であった。私は何か妙な考えにとり憑かれると、それがどれほど馬鹿げているかということも、人に迷惑なことであるかということも一切わからない状態になるので、(やっぱり先生の下さった、あの封筒に入ったのでなくては)とだだをこね、翌々日速達で、首尾よく望みの白封筒を受とったが、その送料に金がかかって朝子氏が迷惑したことは御存じなしである。「私《あたし》に借りればいいじゃないの」と無理を言って眼を三角にした萩原葉子が、送料が大体百円かかったろうという、親切な進言でようやくお気づきになった。

『記憶の絵』ちくま文庫　1992年

拝啓　突然こんな事を申上げるのは少々恐縮ですが、私は《(ママ)》あなた方の社の社員にしてはくれませんか。

——芥川龍之介「芥川龍之介書簡集」

大正八（一九一九）年　1月12日　薄田泣菫

摂津武庫郡西宮町川尻　薄田淳介へ

鎌倉町大町から

拝啓　突然こんな事を申上げるのは少々恐縮ですが、私は《(ママ)》あなた方の社の社員にしてはくれませんか。私は今の儘《まま》の私の生活を持続して行く限り、とても碌《ろく》な事は出来そうもない気がするのです。碌な仕事ができないばかりではない。あなたの方の社から月々五十円の金を貰っていながら一向あなたの方の社の為になる仕事が出来ないだろうと思うのです。今の私はあなたの方の社から来る金と学校の報酬とで先《ま》ず生活だけは保証されている訳です。がいくら飯を食う心配がなくなっても自分のしたいと思う仕事も出来ずしなければ義理のすまぬ仕事も出来ないと云う事は決して愉快な事じゃありません。そこでいろいろ考えた末にこの手紙をあなたへ書く気になったのです。社員にしてくれませんかと云う意味は唯それ丈《だけ》の外に私の知己としてあなたに相談する心算も含んでいるのです。あなたはこの問題をどうかたづく可きものだと思いますか。社員になれるなれないの問題より先にこれに関して腹蔵のないあなたの意見を聞かしてくれませんか。

その為に私の社員になると云う事の意味を説明します。私が社員になると云うのはあなたの方の社へ出勤する義務だけは負わずに年に何回かの小説を何度か書く事を条件として報酬を貰うと云う事です。勿論そうすれば学校はやめてしまって純粋の作家生活にはいるのです。つまり私とあなたの方の社との今の関係を一部分改造して小説の原稿料を貰わない代わりに小説を書く回数を条件に加えて一家の糊口《ここう》に資する丈増して貰うと云う事になるのです。それが出来たら私も少しは仕事らしい仕事に取りかかれはしないかと思うのです。こんな事を考えるのは或《ある》いは大に虫が好すぎるかも知れません。しかし今の私はその虫の好さを承知の上であなたに相談しなければならない程作家生活の上の問題に行き悩んでいるのです。前に書いた通り甚《はなはだ》突然で恐縮だとは思いますが、一応私の為に考えて見てはくれませんか。実はこの事を考えた時大阪へ行ってあなたに会ってその上で御相談申そうかと思ったのですが、差当って原稿を書かなければならない為に手紙で間に合わせる事にしました。私の考えが手紙では十分徹しない憾《うら》みがあるのですが、その辺はよろしく御諒察を願うより外はありません。当用のみ。頓首。

一月十二日　　　　　　　　　　芥川竜之介

薄田淳介様

〈註〉あからさまな借金の申し込みではないが、小説を書くという口約束で、生活すべてを面倒みてほしいと泣きついている。当時、薄田泣菫は大阪毎日新聞社学芸部部長。

『芥川龍之介書簡集』石割透編　岩波文庫　２００９年

僕は、どんなに恥を掻《か》いても、
今、為方《しかた》がないんだ。
絶対に今金が無くてはいけないのだ。

――尾崎一雄「暢気《のんき》眼鏡」

「ちょっとオ」とか「これよ、これ」とかいう芳枝の声を、「うるさいな」と思い思い、私ははっきりせぬ夢から抜け切れずにいた。が、直《す》ぐ覚めた。朝だ。芳枝が、薄眼で呆然《ぼんやり》している私の鼻先に何か光るものを突きつけて、

「これ」

「何だ」見ると金色の妙な恰好《かっこう》したものだが、私には何か判断がつかなかった。

「これ、ちょっと壊れてるし、あると歯が痛いから除《と》っちゃった」

入歯の金冠だなと思うと、私は全く眼が覚めむっくり起き上ろうとしたが、止《や》めた。ちらと芳枝の顔を見やり、夜具を鼻の辺まで引き上げ、また眼を閉じてしまった。私には

ちょっと何もいえなかった。「態《ざま》を見ろ」と何かにいわれていると感じ、「判《わか》ったよ」と反撥的に頭の中であたりを見廻すのだった。するといろいろの顔が浮ぶ。「死ね」と泣きながらいった母。「元の兄さんに返って下さい」と手紙を寄越した妹——すでに四年も見ない顔だ。一月ほど前、雑司ケ谷にいる芳枝の姉に、自分たちのことを事後承諾させに行った時、「承知不承知なぞとわたくしにはもう——。ただ、あれは一人の妹ですから、先々人並の生活だけはさせてやって頂きとう存じます」といわれた、その姉の教師らしくないやさし気な眼付き——「もういい、もういい」と苦笑いするのを追いかけて「俺も居るぜ」と顔を出したのは友人のSだ。一週間ほど前、金借りに行ったが度々《たびたび》のことで断わられ、私がふくれ面しているとSが改まった顔付になり、「君はどうしても僕とこから持って行くつもりかね」とゆっくりいった。私は全然居直った形でSを見返すと、「為方《しかた》がないんだ」とふてぶてしい声を出した。Sは、蒼い顔で暫く黙っていたが、「じゃあ、為方がない」というなり立ち上ると押入をガタンと開《あ》け、行李の中から和本二、三冊取り出して私の前に置いた。

「足りまいが、これをどうにでもしてもらおう」

手にすると、国芳あたりの春画本だ。私はそれを膝の前に置き、暫く考え込んだ。やがて割に平気な顔で「有難う」といった。がいってしまうと、不意に激しい感情に襲われた。図太い張りが消し飛んでしまったのだ。

「僕は、どんなに恥を掻《か》いても、今、為方《しかた》がないんだ。絶対に今金が無くてはいけないのだ。出来れば泥棒でもする。君にいったところが判りっこはない、君がそっくり今の僕になって見ない以上は。だから、腹でどんなに罵倒されていようと僕は関《かま》やしない。その覚悟は初めからしているんだが――」いっていると、眼前のSを忘れ、自分だけの感情から意気地ない泪《なみだ》を浮べてしまった。Sがその時どういう顔をしたかは覚えぬ。後で碁を打ち、双方気持を取り戻して別れたのだが……。

芳枝が、

「これエ、要《い》らないんだけど――どうする？」

「どうするったって――」と向き直ったが、この場合怒った風をする外ないと思われ、「なぜ君はそんな莫迦《ばか》なことをするんだ。その歯、そんなにして、当分治せるあてはないじゃないか」怖い顔をして見せた。芳枝は気押《けお》された様子だったが、まだ私の気持をうかがう風は捨てず、独言《ひとりごと》のよう、

「これ自分で売りに行って、ドラ焼買おう」といった。私は返事をせず、なおもみじめな

自分の気持を小突き廻していた。昨日の夕刊に、ある時計店の広告ビラが折り込まれていて、金大暴騰、一匁に付《つき》純金いくら十八金いくら、今が売り時、とあった、それを見ての思い付きに違いない。自分の喜ぶことを予定している様子なのが気にくわなかった。あるいはそれはも一つ屈折して、自分の気持を軽く運ばせようとした芳枝の心遣いかも知れぬ。それなら更に不愉快だと思った。二十やそこらの子供にいたわられては堪らぬ。やはり持前の単純暢気さから、金無くてむっとしている自分を喜ばせる気でやった事だろう。この方なら気に喰わぬながらも、この場合負わされる所まだ多少軽くて済む。――しかし可哀そうな奴だ、と主我的な気持に余裕が出て来た。そう思うと、気持はずっと芳枝の方に流れ、私はまた違った意味で弱り切った。顔付を柔らげて、

「無い方がいいんなら除《と》っちまってもいいけど、あとどうかな。だけどもう片方のやつはこわれてないんだから、また俺の寝てる間に除《と》ったりしちゃ駄目だぜ、今度は本当に怒るよ、いいか」

「うん」と急に嬉しそうな芳枝の顔を残し、も少し寝ると夜具を頭からかぶった。

午《ひる》近く行きつけの質屋へ出かけ、金冠を見せると十八金七分ということで、四円いくらかになった。溜っている利息にくれというのを持ち帰って第一に米を買った。かつて聞い

た、貧乏し切って何も彼《か》もなくなり、金歯を入質して米を買ったが、それを喰う段になり弱ったという笑話が苦々《にがにが》しく憶い出された。

『暢気眼鏡・虫のいろいろ』高橋英夫編　岩波文庫　1998年

だから貸して下さい　たのみ申候《もうしそうろう》

――内田百閒「書簡」

今日（二十四日也）週刊朝日ノ小説ヲ脱稿シタリ　稿料ヲ著服セントスレバ主幹大阪ニ行キテ二十七日帰リ来ル由（コノ間《カン》ノ行キサツ略ス）ソレデ　借金申出ヅル儀ハ
一、金額　金二十円也　一、償還　二十七日也
一、償還ノ方法ハ御寄リ下サレバ何ヨリ、経理部ガ忙シケレバ郵送ヲ辞セズ
一、起債金ノ使途内訳
（一）四円也、明日（二十五日）ニ返ス筈《はず》ノモノヲ二十七日迄《まで》返サヌ
（二）十五円也、逸仙氏ニ提供ス　こいつをぜひそうしないとしゃくにさわる也　千万諒セヨ

(三)　一円也　当日自動車代
註　右ノ如ク本人厘毛ヲ著服スル根性ニアラザル也
だから貸して下さい　たのみ申候
多田大先生執事御中　二月二十四日宵　百鬼
右ハ天然自然軒ニ携行スルニ要スルノデスソノ御打合セハ拝眉ノ上万々

※一九三六年（昭和十一年）二月二十五日。多田基への無心状。

『手紙読本』江國滋選　日本ペンクラブ編　講談社文芸文庫　2014年

ゆうべ、一円五十銭のことで、三時間も家人と言い争いいたしました。残念でなりません。

――太宰治「悶悶日記」

月　日。
郵便箱に、生きている蛇を投げ入れていった人がある。憤怒。日に二十度、わが家の郵便箱を覗き込む売れない作家を、嘲っている人の為せる仕業にちがいない。気色あしくなり、終日、臥床。

月　日。
苦悩を売物にするな、と知人よりの書簡あり。

月　日。

工合いわるし。血痰しきり。ふるさとへ告げやれども、信じて呉《く》れない様子である。

庭の隅、桃の花が咲いた。


月　日。

百五十万の遺産があったという。いまは、いくらあるか、かいもく、知れず。八年前、除籍された。実兄の情に依《よ》り、きょうまで生きて来た。これから、どうする？　自分で生活費を稼ごうなど、ゆめにも思うたことなし。このままなら、死ぬるよりほかに路がない。この日、濁ったことをしたので、ざまを見ろ、文章のきたなさ下手くそ。

檀一雄氏来訪。檀氏より四十円を借りる。

月　日。
短篇集「晩年」の校正。この短篇集でお仕舞いになるのではないかしらと、ふと思う。それにきまっている。

月　日。

この一年間、私に就《つ》いての悪口を言わなかった人は、三人？　もっと少ない？　まさか？

月　日。

姉の手紙。

「只今、金二十円送りましたから受け取って下さい。何時も御金のさいそくで私もほんとに困って居ります。母にも言うにゆわれないし、私の所からばかりなのですから、ほんとうにこまって居ります。母も金の方は自由ではないのです。（中略。）御金は粗末にせずにしんぼうして使わないといけません。今では少しでも雑誌社の方から、もらって居るでしょう。あまり、人をあてにせずに一所けんめいしんぼうしなさい。何でも気をつけてやりなさい。からだに気をつけて、友達にあまり附き合ない様にしたほうが良いでしょう。皆に少しでも安心させる様にしなさい。（後略。）」

月　日。

終日、うつら、うつら。不眠がはじまった。二夜。今宵、ねむらなければ三夜。

月　日。

あかつき、医師のもとへ行く細道。きっと田中氏の歌を思い出す。このみちを泣きつつわれの行きしこと、わが忘れなば誰か知るらむ。医師に強要して、モルヒネを用う。ひるさがり眼がさめて、青葉のひかり、心もとなく、かなしかった。丈夫になろうと思いました。

月　日。

恥かしくて恥かしくてたまらぬことの、そのまんまんなかを、家人は、むぞうさに、言い刺した。飛びあがった。下駄はいて線路！　一瞬間、仁王立ち。七輪蹴った。バケツ蹴飛ばした。四畳半に来て、鉄びん障子に。障子のガラスが音をたてた。ちゃぶ台蹴った。壁に醤油。茶わんと皿。私の身がわりになったのだ。これだけ、こわさなければ、私は生きて居られなかった。後悔なし。

月　日。
五尺七寸の毛むくじゃら。含羞のために死す。そんな文句を思い浮べ、ひとりでくすくす笑った。

月　日。
山岸外史氏来訪。四面そ歌だね、と私が言うと、いや、二面そ歌ぐらいだ、と訂正した。美しく笑っていた。

月　日。
語らざれば、うれい無きに似たり、とか。ぜひとも、聞いてもらいたいことがあります。いや、もういいのです。ただ、――ゆうべ、一円五十銭のことで、三時間も家人と言い争いいたしました。残念でなりません。

月　日。
夜、ひとりで便所へ行けない。うしろに、あたまの小さい、白ゆかたを着た細長い十五六の男の児が立っている。山岸外史氏の言うには、それは、私の五、六代まえの人が、語るにしのびざる残忍を行うたからだ、と。そうかも知れない。

月　日。

小説かきあげた。こんなにうれしいものだったかしら。読みかえしてみたら、いいものだ。二三人の友人へ通知。これで、借銭をみんなかえせる。小説の題、「白猿狂乱。」

『太宰治全集　10』ちくま文庫　2017年

今迄《まで》だつて、返す々々と言つて返さないのですからねえ。

――国木田独歩「破産」（国木田治子）

『此《こ》れと梅ちゃん処《とこ》のと合せて八百円、未だ少し足んな』と主人《あるじ》は考がへる。『吉元さんが、お友達から百円位は借りて来ると言つてらつしやいました、其《そ》れから吉元さんの知つてる、アイス（編者註・高利貸し）も貸しさうだと言つてゞしたよ』『さうか、だがアイスだけは御免蒙《ごめんかうむ》らう。彼《あれ》は後《のち》の崇《たゝり》が恐いからな、お友達の方のを尽力して貰はう、お前も赤坂へ行つておいで』『最早《もう》赤坂では貸しちやくれませんよ』『今迄《まで》のが借頂戴《かしくださ》れだからなア』『けれど、マア話して見ましやう、解《わか》らない祖母《おばあ》さんじやないのだから』『此度《こんど》は必度《きつと》返すと言へば可《い》い』

『今迄《まで》だつて、返す〱と言つて返さないのですからねえ』と常子は笑ふ。

『それから嶋村さんが、画報も雑誌も秀英社で明日《あした》刷り上げると言ふから明後日《あさつて》が製本一《いち》日《じつ》には発行が出来ますと、言つてました』と常子は言ふ。

『さうか、それは都合が可《い》い、それからお前に可く言つて置《おく》が』

『ハイ』と常子は容《かたち》を改める。

『此度、僕がこの事業を引受るに付いては、諸君が僕に同情を寄せられて艱難《かんなん》を共に仕やうと、言つて呉《くれ》るのだから、お前も其積《そのつも》りで今迄は月給で喰つて居たから、好《い》いやうなものゝ、此れからは社の少しの利益で喰べて行《ゆ》くのだから、一生懸命に倹約して、僕等ばかりが、贅沢《ぜいたく》をして居るなどとは、決して思はれぬやうに仕てくれ』と猶《なお》色々と岡村は常子を喩《さと》した。

愈《いよい》よ、雑誌屋の主人と成つた、岡村は三十日《みそか》終日《いちにち》、店に座らされて居た、種々の掛取りが、入り変り立ち変り来た、始めて此んな目に合た岡村は、忙しいのに驚いて仕舞つた。

『最早《もう》、今日《けふ》は来ないでしやう、御苦労様でした』と尾田は岡村を見て笑つた。

『商売なんて恐るべきものだ、僕一人では到底《とて》も出来んな』と岡村は言ふ。


『現代日本文學大系　5』国木田治子　筑摩書房　1972年

あなた、恥を知りなさい。
人からどう思われているか、
あたしにはわかりますわ。

——北杜夫「或《あ》る生」

さまざまなことがあったが、株に関しては十二月にはいって信用取引きをやりだしてしまった。信用取引きではふつう、三分の一の値段で株が買える。そのためそれまで千株単位であった売買が万単位となった。更に私が信用取引きに無知であったのだが、信用取引きで株を買うと翌日に保証金を支払わなければならぬ。逆に売った場合は四日後にしか金ははいってこぬ。このため頭の怪しくなった私は以前にもまして苦労しなければならなくなった。

たとえば千万円の株を買って同じく千万円の株を売っても、その支払いに三日間のズレができる。それを初め私は知らなかった。

或《あ》るパーティに行くと、C社の嶋中さんがいて、

「北さんの株は三島さんの楯の会に似ている。もうおやめなさい」

と言われた。

この話はどうもピントが狂っているようであり、初めはジョークと思ったが、嶋中さんはあくまでも本気であった。あとから考えれば、いずれも死に結びつくと彼は考えたのかもしれない。

そういえばそれまでの私の金の借方も、ずいぶんと強引で破廉恥なものであった。妻は何回となく、

「あなた、恥を知りなさい。人からどう思われているか、あたしにはわかりますわ」

と言った。

それに対して私は、

「男というものは生涯に一、二度は恥をかくべきものだ」

などと答えるのが常であった。

たとえば先にS社に前借りの追加を頼もうとしたとき、生憎《あいにく》と社長がスキーに出かけて留守であった。百万以上の金の問題の場合、社長の決裁が必要とのことである。

そのとき私は、我を忘れて、

「じゃ、スキー場に電話をしてください。どうしようもないんですから」

「社長はおそらくゲレンデに出ているでしょう」

「だから、マイクで放送して社長を呼び戻してください」

さすがにS社ではせっかくスキーに行っている社長に電話などしなかったようだ。だが支払いの日に小切手を持ってきた出版部のKさんは、

「北さん、あまりカッカとしないでください」

と苦笑まじりに言ったものだ。

三日間の信用取引きの売買の差については、もっとも苦しんだ。それで私はたった三日間金を借りることについて呻吟しなければならなかった。

C社に電話をして、百万でもというと、そのときも社長が留守で、「マンボウ航海記」を担当してくれて以来のMさんが、とても無理だと言った。そのときの私の言葉は、

「何十人かの社員はいるでしょう。一人が二、三万は持っているはずだ。ちゃんと利子をつけて返しますから、かき集めてなんとかなりませんか」

まるで白痴の駄々っ子である。

そんなことで、私がかなり頭がおかしくなり、株の泥沼に落ちこんでいることが、各出版社のあいだでは有名になっているらしかった。三日間の借金も、B社もK社も応じてくれなかった。

『新潮』1979年2月号

妻は朝から酒一本持ち借金の言いわけに
駒村さん宅に行く。山口から送ってきた
スルメも持って。来年はきっと支払いたい。

——木山捷平「酔いざめ日記」

昭和十三年

十二月九日、金、晴。

大本営発表、北支方面最高指揮官寺内寿一大将は軍参議官に、後任軍参議官杉山元大将親補せられたり。

赤塚書房に原稿をとりに行く。返送をたのんでおいたが送ってくれないのでわざわざ行った。団子坂の古本屋で宇野浩二『文芸夜話』を買った。

尾崎一雄訪問。夫人につれられて砂子屋へ行く。宮内寒弥と初対面。尾崎、山崎、谷崎精二氏と外に出て円タクにのせられ世界？とかいう牛肉店に行き、山崎剛平氏の金で十円五銭のむ。僕はとび入りで気がはずまず、外に出ると別れた。尾崎はやはり鉢巻をしていた。倉橋を訪ね、新宿に出て「錠」でのみ「磯平」でのみ、有金全部使ってしまう。(三、四円）磯平で、宇野浩二、佐藤春夫、高村光太郎三人によせ書きをなす。野長瀬のところで泊って朝帰宅。

十二月十二日、月、晴。

萬里風邪でねている。小田嶽夫訪問、随筆を書いていたので早く辞す。文学界、古谷綱武の小説批評。木山捷平の久しぶりの作を期待してよんだが、今度のはよくなかった。——という意味のことが書いてあった。早稲田文学の逸見広の批評。これは大分長い好意ある批評であった。

宇野浩二氏より来信。貴創作集、早い方がよいと思いますが、来春御出版の方がいいことがありはしないかと思います。これは十八日ハイビの折に。処女創作集という意味でだけではなくです。——とあった。

十二月十八日、日、晴。

日曜会忘年会。新橋浦霞、会費一円。

稲垣足穂が酔っぱらって、ブルン〱と飛行機のまねをしていた。着物は室生犀星にもらったものを着ていた。

僕は不愉快でならず帰ろうと思って階下で一杯のんだ。伴野、新田、倉橋と又二階に上って醜態、ザンキやる方なし。階下の飲み代一瀬君に借りて支払う。初め高見君が出してくれたが一瀬に借り替えた。中野迄の終電でそれより徒歩で帰宅。

十二月二十六日、月、晴。

早稲田文学忘年会。新宿、丸ぎん、会費二円三十銭。集る人三十人。小田、田畑、光田と早く出て新宿の街に出る。最後に時間なくなりすし屋でのんでいる所へ、尾崎、逸見はいって来て、改造の高森と尾崎の口論あり。それより有楽町駅のおでん屋で朝までのみ、新宿にかえり、へとへとになり朝帰宅。

十二月三十日、金、晴、寒気烈し。

妻は朝から酒一本持ち借金の言いわけに駒村さん宅に行く。山口から送ってきたスルメも持って。来年はきっと支払いたい。夜質屋に行き利子支払う。三河屋にて五十銭飲む。十二月は酒、酒でおくってしまった。来年は仕事をするぞ。妻は医者の借金も支払った。新年の酒二本だけ註文した。

『酔いざめ日記』講談社文芸文庫　２０１６年

「今日《こんち》は。どうも怒られそうだけれど」「何です」「お金を貸して下さいませんか」「金はありませんよ」

――内田百閒「無恒債者無恒心（五）」


「いらっしゃい」と大人は妙な顔をしている。惘然たる裡《うち》に、警戒の色を蔵す。

「今日《こんち》は。どうも怒られそうだけれど」

「何です」

「お金を貸して下さいませんか」

「金はありませんよ」

「度度《たびたび》の事ですみませんが、大家が八釜《やかま》しいもんですから」

「大家がどうしたんです」

「大家さんのとこで、明日みんな熱海へ行くから、今日中に家賃を貰いたいと云って来たのです」

「そんな勝手な事があるものか、ほっておきなさい」

「それがどうも勝手だとも云われないのです。先月末までに、もう八つか九つになっているのですから、本当なら少なくとも二月分は持って行かなければならないのですけれど、今なら、向うからそう云って来てる際ですからすぐに持って行って謝りを云えば、一つでもこらえてくれると思うのです」

「それを僕に出せというんですか、驚いたなあ、一体いくらです」

「二十五円」

「二十五円、あっそうだ、貴方はまだ先月末の無名会から引去られた二十五円を返していないではありませんか」

「そうなんです」

「だから僕は始めから、いやだと云ったんだ。あんな借金が最もいけない。無名会から僕の名義で百円借り出して、月月の月賦割戻しはちゃんと自分で払うからと云ったじゃありませんか。それっきり貴方はちっとも払いやしない。僕はもう何回月給から引かれたか知ら」

「僕が一度払って、二回怠ったのです。僕の方で、ちゃんと覚えているから、大丈夫です」

「僕だって覚えていますよ。しかし一体、人に金を借りるのに、その相手の将来の収入を借金するというのはいけませんよ。借りられた方は、後何ヶ月かの間自分の労力によって、自分の貸した金の始末をしなければならない。つまり相手から、その将来の労力の結果をあらかじめ借りて行くというのは、不徳義ですよ。もうあんな借り方はお止しなさい」

「はい止めます。しかしそんなつもりではなかったのです」

「借りるのだったら、ちゃんと相手の持ってるものを借りて行ったらいいじゃありませんか」

「ええそうしたいんですけれど、家賃を持って行かなければ、後になると、どうしても二月分でなければ、おさまらないだろうと思うのです」

「後で二月分やったらいいでしょう」

「そんなことをしたら、今月末に、また無名会のが払えなくなります。どうか今の一月分を貸して下さいませんか」

「弱ったなあ、しかし今そのお金を貸したら後で無名会のを払って貰っても、おんなじ事になるんじゃないかな。第一、後のを払うかどうだか、わかりゃしない」

「払いますよ。おんなじ事だなんて、意地のわるい思索をしないで、貸して下さい。おんなじ事だといえば、その逆の場合だって、おんなじ事なんだから」

「何故」といって、大人は思慮深く、考えている。

暫らくして、大人は奥さんを呼んで、どこかの払いに、別にしてあった二十五円そろえてくれた。

そのお金を懐に入れ、恐縮して帰りかけるのを、大人は呼び止めていった。

「返して下さいよ。過去の労力の結果を持って行かれても、矢っ張り困りますよ」

『大貧帖』中公文庫　２０１７年

ときおり二百円貸してくれて、ぼくはその金で新橋のカストリ横町で飲んだものである。

――田村隆一「青山さん」

不思議なことに、ぼくは入社試験にパスした。男性三名、女性一名。

さらに不思議なことは、四人とも経済はおろか税務にまったく無縁の存在だったことである。

一人の男は東大の教育学部を出て、「夫婦生活」というポルノ雑誌を編集していたという。ぼくと同様に学徒動員にかり出され、本籍地が北海道ということで、旭川の連隊に入り、眼鏡をかけているという、ただその理由だけで、インテリとののしられて殴られっぱなし、敗戦のとき上等兵で、やっと解放されたという。

もう一人の男は京大の哲学を出て、やはり学徒動員組。陸軍に入り、フィリッピンのルソン島の山の中を逃げまわり、マラリアにかかって復員。

女性は短大の英文科を卒業したばかりの色白のポッチャリした可愛い女の子で、ぼくがワイセツなことを云ってからかうと、顔をあからめるのである。それでも、ときおり二百円貸してくれて、ぼくはその金で新橋のカストリ横町で、カストリ焼酎を飲んだものである。


（編者・中略）


彼女は小説が書きたいらしく、習作ができると、「文藝春秋」が同人雑誌だったころ、その同人の一人だったNさんという初老の古参社員に見てもらっていた。後年、彼女は流行作家になり、『紀ノ川』や『恍惚の人』を書くことになる。

ぼくのデスクのまえに、鎌倉から通っているという青年が仕事をしていて、そのあいまに、ノートをとりだすと、ぼくに見せてくれた。それは、彼の手製の社員名簿で、氏名、入社年月日、退職年月日が几帳面につけられている。すでに、ぼくの氏名と入社年月日が記入されていて、さすがに退社年月日だけは空白になっている。

「タムラさん、ずいぶん回転の早い会社でしょう？　タムラさんが退社するのはいつごろかしら？　半年もったらエライですよ」

青年の予言どおり、ちょうど六ヵ月でぼくは退社することになる。とにかく左翼右翼、満州鉄道帰りなどのゴッタ煮みたいな社で、面白いことには事欠かなかったけれど。

やがて、「夫婦生活」も「マラリア持ちの哲学」も「作家志望」の乙女も、ほぼ同時に姿を消して行った。

青年は、東大の農学部を出たと云った。

「ぼくの祖父は小説を書いていたんですよ」

「へえー、どんな小説があるの？」とぼくがキョトンとした顔でたずねると、

「澀江《しぶえ》抽斎《ちゅうさい》」

と、青年はテレながら答えた。

『ぼくのピクニック』朝日文庫　１９９１年

「渋澤（榮一）に五百円貸せと言う手紙を慇懃に認《したた》めて出したところが、返事が癪《しゃく》に障《さわ》る」「渋澤男爵は君の何だい」「無論他人さ」

――大泉黒石「人間開業」

ところで本当に美梅軒がやって来た。『黄夫人の手』を五枚ばかり続けて、『恋を賭ける女』を三枚ばかり片づけたら、「弱った。弱った」と美梅軒が鬼子母神の方から、ふらついて来た。「昨夜からどこにいたんだい」。呑舟が先刻まで君の悪口を並べていたぜ」美梅軒はカタ附きの黒絣の上から一つ紋の羽織を引っかけて油絵の具で汚れた袴の裾をまくりながら座り込んだ。「戯曲家のアマノジャクさんのところに泊めて貰ったんだよ。だいぶ寒くなったね。呑舟が何か言っていたかい」よく見ると秋の末だというのに襯衣《シャツ》も着ていない。これは前の話の中にも一通り述べておいたが、美梅軒は美術学校を卒業した江戸っ子である。江戸っ子といえば幡随院長兵衛や、め組の親分みたいな勾配の早い連中が揃って、年中啖呵を切っているんだと思ったら、美梅軒のような男もいるから妙だ。俺が知っている江戸っ子と言えば、この男を筆頭に辻潤と坂本紅蓮洞《さかもとぐれんどう》がいる。いずれも先祖は江戸の真ん中で箆棒《べらぼう》を食ったり食わされたりしていたのだそうだ。「カンヴァスと絵の具が流れそうだって言うじゃないか」「そんなことは大した問題じゃないよ。あいつも意気地がない。俺の顔を見るとまだ何も切り出さないうちから金がないと言うじゃないか失敬だよ。貧乏したって芸術家だ」「そうそう先祖は江戸の旗本だ」「だが、もっと失礼な奴がいるから驚いたよ」「僕だろう」「アハハハハ、君みたいな田舎者じゃない。同じ江戸っ子だ」「誰かい」「渋澤男爵さ」と言うから今度は俺の方が驚いた。渋澤男爵の自動車が、美梅軒の大切な紋付に泥でもハネて逃げたかと思うと、「せっぱ詰まってどうにもこうにも動きが取れなくなったから、渋澤に五百円貸せと言う手紙を慇懃《いんぎん》に認《したた》めて出したところが、返事が癪《しゃく》に障《さわ》る」「渋澤男爵は君の何だい」「無論他人さ」と当たり前のような顔をした。「あなたみたいな人が毎日幾人も来るから一々応じ兼ねます。といって執事の名で体よく断って来るじゃないか。しかもその返事が鳥の子紙に全文印刷してあるんだ」「する と君のような怠け者が世間にはいくらもあるとみえるね。五百円はいい思いつきだ」「しかし君、芸術家に対して甚《はなは》だ失敬じゃないか」どっちが失礼か解るものか。俺が文士になり立ての頃、女房共を安心させるつもりで米を一俵に酒を五升買いしめに行ったが、米屋も酒屋も本当にしなかった。いよいよ確実に買い上げた日に大学の門前で美梅軒に出会したから「君にも少し分けてやろうか」と親切に言ったところが、まるで相手にしなかったものだ。そんな料簡の小さい奴にこんな大それた芸当がよく出来たものだと思ったから「冗談だろう」と笑ってやった。「本気だよ。本気だから腹も立とうじゃないか。僕は呑舟みたいに酔っ払って質屋の看板を外したり、村役場の窓ガラスを打っ壊して持って帰るような悪戯はしないからね」と他人の言いそうなもっともらしい弁護をするのだ。

『大泉黒石全集　一』緑書房　１９８８年

2章

途方に暮れる

昨日より、家のうちに金といふもの一銭もなし。

——樋口一葉「日記」

曇る。灸治をなす。昨日より、家のうちに金といふもの一銭もなし。母君これを苦るしみて、姉君のもとより二十銭かり来る。［明治26年3月15日］

『全集　樋口一葉　3　日記編〈復刻版〉』前田愛・野口碩編　小学館　1996年

弱い心を何度も叱《しか》り、金かりに行く。

――石川啄木「悲しき玩具」

何故《なぜ》かうかとなさけなくなり、
弱い心を何度も叱《しか》り、
金かりに行く。

『啄木全集　第1巻』筑摩書房　1967年

その日にまた一文もないので
借金を背負ったまま　借りに出かけたのだ

――山之口貘「借金を背負って」

借りた金はすでに
じゅうまんえんを越えて来た
これらの金をぼくに
貸してくれた人々は色々で
なかには期限つきの条件のもあり
いつでもいいよと言ったのもあり
あずかりものを貸してあげるのだから
なるべく早く返してもらいたいと言ったのや

返すなんてそんなことなど
お気にされては困ると言うのもあったのだ
いずれにしても
背負って歩いていると
重たくなるのが借金なのだ
その日ぼくは背負った借金のことを
じゅうまんだろうがなんじゅうまんだろうが
一挙に返済したくなったような
さっぱりしたい衝動にかられたのだ
ところが例によって
その日にまた一文もないので
借金を背負ったまま
借りに出かけたのだ

『山之口貘詩文集』講談社文芸文庫　１９９９年

たったこれだけの金だから何処《どこ》からかひとりでに出て来てもよさそうな気がする。

――葛西善蔵「子をつれて」

この三四ヵ月程の間に、彼は三四の友人から、五円程宛金を借り散らして、それが返せなかったので、すべてそういう友人の方面からは小田という人間は封じられて了《しま》って、最後にKひとりが残された彼の友人であった。で「小田は十銭持つと、渋谷へばかし行っているそうじゃないか」友人達は斯《こ》う云って蔭で笑っていた。晩の米が無いから、明日の朝食べる物が無いから――と云っては、その度《たび》に五十銭一円と強請《ねだ》って来た。Kは小言を並べながらも、金の無い時には古本や古着古靴などまで持たして寄越した。彼は帰って来て、「そうらお土産……」と、赤い顔する細君の前へ押遣《おしや》るのであった。(何処《どこ》からか、救いのお使者がありそうなものだ。自分は大した贅沢な生活を望んで居るのではない、大した欲望を抱いて居るのではない、月に三十五円もあれば自分等家族五人が饑《う》えずに暮して行けるのである。たったこれだけの金を器用に儲けれないという自分の低能も度し難いものだが、併《しかし》したったこれだけの金だから何処からかひとりでに出て来てもよさそうな気がする）彼にはよくこんなことが空想されたが、併しこの何ヵ月は、それが何処からも出ては来なかった。何処も彼処《かしこ》も封じられて了った。一日々々と困って行った。蒲団が無くなり、火鉢が無くなり、机が無くなった。自滅だ――終いには斯う彼も絶望して自分に云った。

電灯屋、新聞屋、そばや、洋食屋、町内のつきあい――いろんなものがやって来る。室の中に落着いて坐ってることが出来ない。夜も晩酌が無くては眠れない。頭が痛んでふらふらする。胸はいつでもどきん〳〵している。……

『哀しき父・椎の若葉』講談社文芸文庫　1994年

うちにあるものがだんだん減ってきて、せつなくなってきて……。

——幸田文・徳川夢声「問答有用」

夢声　質屋ってえば、質屋がよいは、ずいぶんなさいましたですかね。

幸田　ある時期にはね。あれ、ながくダラダラと、いつまでもしてるもんじゃないでしょうね。（笑）

夢声　いいかげんに、切りあげるべきもんですか。（笑）　ある時期ってのは、いつごろなんです、質屋の季節は。（笑）

幸田　かたづいて、しばらくしてからですね。酒屋へかたづきまして、そろそろ、お酒の統制の機運がみえていました。たいへんにながくつづいたうちだもんですから、貸しこしが多くなってましてね、外見《そとみ》はよくっても、なかはたいそうつらかったんです。ですから、まもなく、質屋の季節になりましてね。（笑）　こどものときも、そんなにらくな生活じゃなかったんですけれども、おやじが強い人でしたから、そういうことは、こどもにはおよぼさなかったわけです。

ところが、自分たちの生活になりますと、たちまち弱体をさらけだすから、そういうことになってしまいました。あたくしはよく知りませんでしたから、ずいぶんばかなこともありましたよ。きものだとか、あたまのものだとかというのは、こりゃ常識ですわね。うちにあるものがだんだん減ってきて、せつなくなってきて……。依然としてあったのは、かたづくときにもってったふとんなんです。ふたながれあるわけなんですね、いいふとんが。ところが、ふとんはうけとらないんですね。

夢声　蔵がいっぱいになっちゃう。（笑）　なるほど、ふとんはとりませんか。……なんてえと、質屋を知らないようで、ばかにていさいがいいが。（笑）

幸田　もってって、もって帰りました。ふとんをもってあるいてるっていうのは、寝小便小僧のようだといって、さんざんからかわれましたけれど。（笑）

夢声　質屋さんは、どういってことわりました。

幸田　「こういう大きいものは、はじめっからおあずかりしないことになってる。あなた

はご存じないんでしょう」っていうんです。すべて、むこうで教えてくれるもんですね。(笑)

夢声 質屋の老舗《しにせ》で、なかなか人情味のある店があって、いくらか商売気をはなれて……。

幸田 めんどうをみてくれる。(笑)

夢声 そういう質屋もあるでしょう。

幸田 ところが、質屋さんにあいきょうがあっても、こっちにあいきょうがないから、ズボズボやってね。いま考えれば、あんまりいいつきあいじゃなかったと思いますよ。(笑)

夢声 落語で、「何カ月で流れちゃう」なんていうと、お客はどっと笑ったもんですが、このごろ、通じなくなりましたね。この「流れる」は、通じなくなりました。(笑)

幸田 せいぜい、流れないことにしたいものです。(笑)

(昭和32年1月8日対談)

『問答有用　第10巻』徳川夢声　朝日新聞社　1958年

僕は今もってその車夫に金五十銭也の借金があるわけで、思い出してあまりいい気持はしないのである。

——木山捷平「北京の借金」

僕が北京に行ったのは、昭和十七年の夏で、二十日間ばかり滞在して、市の内外はむろん、遠くは大同の石仏まで足をのばして、見物して歩いたのであったが、いよいよ北京に別れを告げる日のこと、僕は厄介になった知人の宿舎の前から洋車《ヤンチヨウ》（人力車）に乗った。ところがこの洋車ひきがよぼよぼの爺さんと来ていた。走り方がとてもスロモーなのである。スロモーということは、どちらかというと僕の性分には合うので、僕は好きなんだが、この日ばかりはそうはいかなかった。

僕は満洲の熱河に行く予定であった。熱河に行く汽車は日に一本しかないのである。朝の七時半発をのがしたら、まるきり一日ふいになるのである。

朝寝をした僕は気がせいて、爺さんの人権を傷つけるのは忍びがたいような気もしたけれど、埋め合せに約束の賃金だけは支払って途中下車した。そしてそのへんにいたもっと若い元気な車夫を見つけて、乗りついだのである。

それでやっと北京駅に着いたのは、汽車の発車の五、六分前であった。ところが約束の車賃を払おうとすると、あいにく小銭がなかった。やむなく十円札を出すと相手の車夫も釣銭がないというのである。

「よし、それでは、今おれが汽車のキップを買うからな。君、すまないが駅の窓口までついて来てくれ」

僕は手振り身ぶりでこういった。すると相手の車夫はうなずいた。

その頃、北京から熱河までの汽車賃は三円八十五銭であった。僕がキップの釣銭で、車賃を払おうとしたのは、その場合最も賢明な処置であった筈《はず》である。

ところが僕が大急ぎでキップを買って、後をふりむいて、車夫に車賃を与えようとすると、後について来た筈の車夫の姿は、影も形も見えなかった。ひとが一刻をあらそっている時に、この車夫の奴、何を愚図々々しやがるんだ、と僕は腹がたったが、寸刻をさいて、さっき洋車がとまった駅前の広場まで引返してみた。ところがそこの広場にも、車夫の姿は影も形も見えなかった。

僕はさっぱり訳がわからなかった。極めてわずかの時間の出来事であるから、まるで狐につままれたような気持であったが、今更どうしてよいか考え直す余裕もなく、ホームへすべり込んで、すでに発車しかけている汽車に飛びのったのである。

あとから考えると僕がキップの釣銭で車代の支払をするといった手ぶり身ぶりが相手に通じなかったのかも知れない。それとも時間を気にするあまり、僕のやった手ぶり身ぶりが何か恐喝めいた印象を相手に与えたのかも知れない。或は洋車ひきにとっては、車より大切なものはないから、その車を広場に放ったらかしたまま、駅の構内にはいってくるなど、彼の気持がゆるさなかったのかも知れない。

真相はわからないままだが、僕は今もってその車夫に金五十銭也の借金があるわけで、思い出してあまりいい気持はしないのである。当時日本はまだ戦勝国で、僕もまたその国の一員であったのだから。

『随筆　石垣の花』現文社　1967年

神経衰弱癒《なお》るの時なし。

――芥川龍之介「芥川龍之介書簡集」

昭和二（一九二七）年
1月30日　佐佐木茂索
相州鎌倉坂の下二十一　佐佐木茂索へ
田端から

朶雲奉誦、唯今姉の家の後始末の為、多用で弱っている。しかも何か書かねばならず。頭の中はコントンとしている。火災保険、生命保険、高利の金などの問題がからまるものだからやり切れない。神経衰弱癒《なお》るの時なし。六、七日頃までは東京を離れられまい。拝眉の上万々。姉の夫の死んだ訣《わけ》は殆《ほとん》どストリングベルグ的だ。怱々。

一月三十日　芥川竜之介

佐佐木茂索様

『芥川龍之介書簡集』石割透編　岩波文庫　２００９年

二十万円の金を出してきて、これで頑張れよともいってくれたのである。

――赤塚不二夫「新漫画党の仲間たち／寺田ヒロオ」

ぼくらは寺田ヒロオを〝テラさん〟と呼んだ。昭和六年生まれで、ぼくより数歳年上なだけなのに、体格にも人格にもズッシリと貫録があって落ち着いた人だった。

テラさんの人格の優しさは、ちょっと文字に書き現わすことが不可能だ。あの大きな体から立ちのぼる優しさのオーラにつつまれてしまうと、どんな心配事もテラさんが解決してくれるという気分になってしまう。

代表作の『スポーツマン金太郎』、傑作の『くらやみ五段』をお読みになった人なら、そんなテラさんの優しさを感じていたはずである。

だから文句なく党の総裁ということになった。テラさんはお酒が好きでよく〝チューダ〟を作っては飲んだものだ。

ソーダ＋焼酎＝チューダである。これにキャベツの葉をきざんだものをそえて飲むのだ。安上がりでうまかった。

ぼくは総裁のテラさんがいなかったら、漫画家としてここまでやり通せたかどうか分からない。トキワ荘にいたころのぼくのコンプレックスのひどさは、人には見せなかったが、相当なものだった。

ある日、ついに漫画家になる自信を完全に失ってしまい、喫茶店のボーイになろうと決心したことがある。その方がうまくいくような気がしたのだ。

そこで、その事をテラさんに告げにいった。新漫画党をやめてけじめをつけようと思ったからである。するとテラさんは、現在かいている作品を持ってきてみろという。さっそく、かきかけのものを、ぼくはテラさんの前にオズオズと差し出した。

しばらく作品に目を落としていた彼は、きみはこの作品で自分のかきたいものを何もかもつめこみ過ぎている、かきたいテーマをひとつにしぼって、それをていねいにかいてみないか——といい、さらに二十万円の金を出してきて、これで頑張れよともいってくれたのである。

現在だったら、六十万円……いやそれ以上価値のある金額だ。小額の原稿料と借金で暮らしていたぼくにとって、はじめて手にした大金だといってもいい。

いちどに眼が覚めたような気がした。どんな事があっても、テラさんの忠告にしたがった面白い作品を書こう。そしてこのお金をちゃんと返さなくてはいけないぞ！

ぼくは背すじを伸ばした。

いまになってみれば、気持がちいさくちいさく縮《ちぢ》こまっている状態を、テラさんはすっかり見抜いていて、そこから脱出するためのショック療法をとってくれたのである。

頭が下がる思いだ。

『笑わずに生きるなんて　ぼくの自叙伝』海竜社　１９７８年

金が欲しい
食える丈《だけ》の金欲しい。

――山本周五郎「青べか日記」

（編者註・紀元二五八九年＝昭和四年　四月）

挫かれている。弟が病んで帰郷したと。五日から何も書かない。今日は東京へ行って本を売った。木挽町で五円借りた。ひどく参っている。真暗だ、併《しか》し立直れるだろう。どうにかやり抜けるだろう。今は労《つか》れている。気持が甦《よみがえ》ったら又起つ。ゆっくりやろう。心を大切に。感情をいたわってやろう。「多情仏心」里見弴作を読んだ。佳作。己もやる。得るところありだ。静かな雨が降り出した。桜も咲き始めた。（四、八）

今日は為事《しごと》をした。「裸婦」五回分十七枚書いた。今は午前四時である。天ぷらで酒を飲んだ。酔いの醒めたあとは成績が良い。おかしな事だ。今日は比較的暖かだった。今は暖かい。未だ書けそうだが矯《た》めて寝る。少し歩いて来て寝る。今夜は佳き夢があるだろう。（四、九）

急ぐな、
急ぐな、
為《す》る丈《だけ》の事を為《し》たら
あとは神に
任せろ、
良い時が来れば
神は
「良し」と
仰せられるに違いない、
さて寝よう。（二五八九、四、九）

（……）

「裸婦」十五枚書いて全部了《おわ》った。相当な出来だと思う。高梨から金を借りた。風がひどい。比較的温かかった。昼間沖の方から養魚場の突堤の先まで行った。汀《みぎわ》に下りたら蟹《かに》が大騒ぎで遁《に》げまどって面白かった。海蟹もいた。今は大潮で海は見渡す限り干潟になっていた。歩いて千葉へ渡れそうだった。今は風が強い、一時頃にひどい驟雨があった。今はやんでいる。今日秋葉君は本所の「釜屋の川」で腐敗した水の中にもぐって、船の推進器に絡みついた針金を断ったと。全身が溝泥《どぶどろ》で染まってひどく臭かったと。何しろ、あの黒い、メタン瓦斯《ガス》を吐いている水の中へ頭までもぐって為事をするのだから歯《ちょ》っと耐《こた》える。今は午前四時である。横浜へは行くまいと思う、何しろ金がないのだから。――先日来の為事の片がついたので軽い快い亢奮《こうふん》で寝られない。酒でも呑もうと思う。そして寝よう。御苦労さまでした三十六（編者註・さとむ＝山本周五郎の本名、清水三十六）よ、今夜こそ佳い夢があるだろう。今は二五八九、四、一三である。

すっかり夜が明けて了《しま》った、強い南風が吹いている。今は微酔している。快く寝ようと思う。隣から朝餉《あさげ》の炊事の煙が舞込んでけぶい、併し市が栄えているのだから、是も悦《よろこ》んでいいだろう。今は午前六時である。（一四）

（……）

な・つが「近代生活」誌の同人として
新しい作品をどしどし発表している
を・きは菊池寛経営の雑誌に
認められ初めた、
い・しは「創作月刊」誌に
月々作品を公にしている、

そして私は、今十三銭の銭を懐ろに
玄米飯を日に一度喰べ、
野草を煮て食べ乍《なが》ら、
不相変《あいかわらず》の独りで、偉がって
金にならぬ原稿を書いている

父は慢性神経痛
弟は重症の脚気だ

私には已《すで》に売る可《べ》き本もない、
木挽町では無論金を貸さない、

そして私自身は
金にならぬ原稿を書いている、

自分の為事の価値を
疑ってみるには
私は余りに真剣な為事をしている、

金が欲しい
食える丈《だけ》の金欲しい。(二五八九、四、一七)

心が重い。元気がない。雨が降っている。一日寒かった。

十三銭ある中から八銭で揚物を買って五銭で銭湯へ入った。今は無一文だ。腹が減って耐らぬから雨の中を高梨の家へ金を借りに行ったら、もう寝ていた。まるで紙のように圧《お》し拉《ひし》がれた頼りない気持だ。特にこのさあさあと静かな、肌寒い雨の音はいけない。希望も何もない。病んでいる弟からの手紙に返事を出す金もない。寝よう。それより外にはどうすることも出来はしない。

「裸婦」推敲を始めてみたが、まるでブリキ細工でもするようで、些《すこ》しも心に触れない。唯騒々《そうぞう》しく、浮ついた、厭な気持しかない。やめる。寝よう。(二五八九、四、一八)

腹へつて寝る春の夜の雨に冷え
春寒や腹へつて寝る足の冷え（一八）

『青べか日記　―わが人生観28―』大和書房　1971年

払えばいいのだ、借りておこうかしら、
弱き者よ汝《なんじ》の名は貧乏なり。

——林芙美子「放浪記」

(十一月×日)

「どっか体でも悪いのですか。」

この仕立屋に同じ間借りをしている、印刷工の松田さんが、遠慮なく障子を開けてはいって来た。背丈が十五六の子供のようにひくくて髪を肩まで長くして、私の一等厭《いや》なところをおし気もなく持っている男だった。天井を向いて考えていた私は、クルリと背をむけると蒲団を被ってしまった。この人は有難い程親切者である。だが会っていると、憂鬱なほど不快になって来る人だ。

「大丈夫なんですか！」

「ええ体の節々が痛いんです。」

店の間では商売物の菜っ葉服を小父《おじ》さんが縫っているらしい。ジ……と歯を噛むようなミシンの音がしている。「六十円もあれば、二人で結構暮せると思うんです。貴女の冷たい心が淋しすぎる。」

枕元に石のように坐った松田さんは、苔のように暗い顔を伏せて私の顔の上にかぶさって来る。激しい男の息づかいを感じると、私は涙が霧のようにあふれて来た。今までこんなに、優しい言葉を掛けて私を慰めてくれた男が一人でもあっただろうか、皆な私を働かせて煙のように捨ててしまったではないか。この人と一緒になって、小さな長屋にでも住って、世帯を持とうかしらとも思う。でもあんまりそれも淋しすぎる話だ。十分も顔を合せていたら、胸がムカムカして来る松田さんだった。

「済みませんが、私は体の工合が悪いんです。ものを言うのが、何だかおっくうですの、あっちい行ってて下さい。」

「当分工場を休んで下さい。その間の事は僕がしますよ。たとえ貴女が僕と一緒になってくれなくっても、僕はいい気持ちなんです。」

まあ何てチグハグな世の中であろうと思う――。

夜。

米を一升買いに出る。ついでに風呂敷をさげたまま逢初橋の夜店を歩いてみた。剪花《きりばな》屋、ロシヤパン、ドラ焼屋、魚の干物屋、野菜屋、古本屋、久々で見る散歩道だ。

（……）

（十二月×日）

「何も変な風に義理立てをしないで、松田さんが、折角貸して上げると云うのに、あなたも借りたらいいじゃないの、実さい私の家は、あんた達の間代を当《あて》にしているんですからねえ。」

髪毛の薄い小母《おば》さんの顔を見ていると、私はこのままこの家を出てしまいたい程くやしくなってくる。これが出掛けの戦争だ。急いで根津の通りへ出ると、松田さんが酒屋のポストの傍で、ハガキを入れながら私を待っていた。ニコニコして本当に好人物なのに、私はどうしてなのかこのひとにはムカムカして仕様がない。

「何も云わないで借りて下さい。僕はあげてもいいんですが、貴女がこだわると困るから。」

そう云って、塵紙《ちりがみ》にこまかく包んだ金を松田さんは私の帯の間に挟んでくれている。私は肩上げのとってない昔風な羽織を気にしながら、妙にてれくさくなってふりほどいて電車に乗ってしまった。――どこへ行く当もない。正反対の電車に乗ってしまった私は、寒い上野にしょんぼり自分の影をふんで降りた。狂人じみた口入屋の高い広告燈が、難破船の信号みたように風にゆれていた。（……）

（十二月×日）

昨夜、机の引き出しに入れてあった松田さんの心づくし。払えばいいのだ、借りておこうかしら、弱き者よ汝の名は貧乏なり。

家にかえる時間となるを
ただ一つ待つことにして
今日も働けり。

啄木はこんなに楽しそうに家にかえる事を歌っているけれど、私は工場から帰ると棒のようにつっぱった足を二畳いっぱいに延ばして、大きなアクビをしているのだ。それがたった一つの楽しさなのだ。二寸ばかりのキュウピーを一つごまかして来て、茶碗の棚の上にのせて見る。私の描いた眼、私の描いた羽根、私が生んだキュウピーさん、冷飯に味噌汁をザクザクかけてかき込む淋しい夜食です。——松田さんが、妙に大きいセキをしながら窓の下を通ったとおもうと、台所からはいって来て声をかける。

「もう御飯ですか、少し待っていらっしゃい、いま肉を買って来たんですよ。」

松田さんも私と同じ自炊生活である。仲々しまった人らしい。石油コンロで、ジ……と肉を煮る匂いが、切なく口を濡らす。「済みませんが、この葱切ってくれませんか。」昨夜、無断で人の部屋の机の引き出しを開けて、金包みを入れておいたくせに、そうして、たった十円ばかりの金を貸して、もう馴々《なれなれ》しく、人に葱《ねぎ》を刻ませようとしている。こんな人間に図々しくされると一番たまらない……。遠くで餅をつく勇ましい音が聞えている。私は沈黙ってポリポリ大根の塩漬を噛んでいたけれど、台所の方でも侘しそうに、コツコツ葱を刻み出しているようだった。「ああ刻んであげましょう。」沈黙っているにはしのびない悲しさで、障子を開けて、私は松田さんの庖丁を取った。

「昨夜はありがとう、五円を小母さんに払って、五円残ってますから、五円お返ししときますわ。」

松田さんは沈黙って竹の皮から滴るように紅い肉片を取って鍋に入れていた。ふと見上げた歪んだ松田さんの顔に、小さい涙が一滴光っている。奥では弄花《はな》が始まったのか、小母さんの、いつものヒステリー声がビンビン天井をつき抜けて行く。松田さんは沈黙ったまま米を磨ぎ出した。

「アラ、御飯はまだ炊かなかったんですか。」

「ええ貴女が御飯を食べていらっしたから、肉を早く上げようと思って。」

洋食皿に分けてもらった肉が、どんな思いで私ののどを通ったか。私は色んな人の姿を思い浮べた。そしてみんなくだらなく思えた。松田さんと結婚をしてもいいと思った。夕食のあと、初めて松田さんの部屋へ遊びに行ってみる。

松田さんは新聞をひろげてゴソゴソさせながら、お正月の餅をそろえて笊《ざる》へ入れていた。あんなにも、なごやかにくずれていた気持ちが、又前よりもさらに凄くキリリッと弓をはってしまい、私はそのまま部屋へ帰ってきた。

「寿司屋もつまらないし……」
外は嵐が吹いている。キュウピーよ、早く鳩ポッポだ。吹き荒さめ、吹き荒さめ、嵐よ吹雪よ。

『放浪記』新潮文庫　1979年

霜どけの田圃《たんぼ》の泥濘《ぬかるみ》を這《は》い廻《まわ》りながら、四つん這《ば》いになって逃げ出したような貧乏であった。

——橘　外男「或《あ》る千万長者と文士の物語」

その時、私は、自分の止め度もない貧乏と、その止め度もない貧乏からくる息苦しい人生のトラブルとを、胸一杯に屈託しながら神田の通りを歩いていた……。と、こう書き出してきて、待てヨと思って筆を止めた。これではとても、私の気持なぞが、表せるものではない。読者は私のその時の貧乏を、単純に割り切れる世間一般の貧乏だと、思ってしまうであろうから、これは書き改めなくてはいかんと、気が付いたことであった。もっともその時の私の心境が、よく読者にも飲み込めるように、当時の私の貧乏ぶりは、決してそんな生易しいものではない。もっともっと田圃《たんぼ》の中を踏み荒したような言わば、霜どけの田圃の泥濘《ぬかるみ》を這《は》い廻《まわ》りながら、そこへ警視庁のオッサンに飛び込まれて、四つん這《ば》いになって逃げ出したような貧乏であったということを、飲み込んでもらうためにこの物語は、まず私の貧乏話の方から、筆をつけてゆかなきゃいかんと！　考え直したことであった。

この寒空に神田の通りの真ん中で、どこへ行ったらいいかわからなくなってしまった橘クンにはまことに気の毒な次第だが、こんな男なんぞどこへ行っちまったって、かまやせん！　そこで私のその貧乏物語の始まり……。

貧乏貧乏とこの野郎、イヤに貧乏ばかり売り物にしやがって、よほど昔から大貧乏だったんだろうなぞと、早飲み込みをされては困る。ついその三、四カ月くらい前までは、わたしもこれでも一個の社長であった。もちろん、私くらいの人間の営んでいた商売だから、大したものではなかったが、それでも二十七の歳からその時分三十七、八までの十年間、私はこの商売一つで安穏に妻子も養えば、また五、六人の社員、二人のタイピスト、一人の商業図案家も使って、まずは自分の思う存分の生活をも営んでくることができたのであった。

その私の商売というのは、広告の代理業であったが、広告屋といっても世間普通の広告屋とは、ちょっと違っていた。私のは外国の新聞と契約して、日本の製造業者《メーカー》や大会社の貿易広告を、専門に取り扱う広告代理業者《パブリシティ・エイゼント》であった。その頃私と、スペースの特約を結んでいた海外の新聞社は、シドニーのオーストレリア・タイムズ社、ボンベイのボンベイ・ヘラルド社、シカゴのシカゴ・ガゼット社、デトロイトのデトロイト・イーヴニング・ニューズ社、天津《テンシン》のチャイナ・エクスプレス社等々……まだ外にも二つ三つあったかも知れないが、今ではみんな忘れてしまった。

これらの特約新聞社へ、日本の業者から出た広告の原稿を英文に翻訳して、それぞれの市場に向くような図案を施して、送稿する。そして日本商品の海外進出のお手先を勤めるというというのが、私の商売なのであったが、日本でたった一人の商売を自惚《うぬぼ》れて、競争相手がないのに気をよくしたばっかりに、ついバカをしでかして葭町《よしちょう》へ女を囲って、言われるままに鼻の下を長くして小間物店を出させてみたり、銀座に酒場とグリルを出して大損をしてみたり、せんでもいいことに血道を挙げたばっかりに、到頭半年ばかりの間に商売を滅茶滅茶にしてしまった。

ようやく眼が醒めて、女と縁を切って酒場を閉鎖して、商売の方へまた身を入れようとした時には、もう時期が遅く、持ってる金は、スッテンテンになくしてしまい、新聞社に滞らせていた金の決済をすることができなくなってしまった。決済どころか、四方八方無理を重ねた借金で、二進《につち》も三進《さつち》も、首が廻らなくなっていた。朝から晩まで、訪ねて来るのは借金取りばかり、海外から舞い込んでくるのは、送金を促す新聞社の電報ばかり！　いくら金策に奔走してみても、身体が疲れるばかりで、金は一向にできぬ。給料を払わぬから、一人去り二人去りして、社員たちはみんな私を見限ってしまい、業を煮やしたビルの管理人は、器具什器もろとも私の事務所を差し押さえてしまった。今でもその頃の憂鬱な毎日を思い出しさえすれば気が遠くなりかかってきて、何ともいえず首筋のあたりにウス寒さを感ぜずにはいられなかったのであるが、まったくその頃の私の生活は、霜どけの田圃の中をこねくりながら、喉首を締め上げられて、七転八倒の苦しみの連続だったように記憶する。そして到頭、肉体的にも精神的にもへとへとになって、どうでもなるようになれ！　と一切合切投げ出してしまったことであるが、その敗残の私にたいしても、金銭にやかましい外国の新聞社は、決して仮借《かしやく》することをしなかった。

長年の取引だから、さすがに正式に解約の通知をしてくる社はなかったが、私の送った広告を掲載せず、完全に私の息の根を止めてしまったのだから、事実は正式の解約通知を突きつけたも同然であったろう。しかも海を隔てて電報の催促ぐらいでは、到底埒はあかぬと見たのかも知れぬ。いずれも言い合わせたように、在留同国人に頼んで、督促を始めてきた。大汗で朝に亜米利加《アメリカ》人を追っ払って、吻《ほ》っと一息入れていると、昼に印度《インド》人がやって来て、晩に英国系豪州《オーストラリア》人と渡り合う。中でも最も支払いを溜めたのが、シドニーのオーストレリア・タイムズ社、ここへは邦貨で、七、八万円ばかりも滞らせてしまったから、私は赤坂表町の豪州公使館《オーストレリアン・ミッション》の商務書記官《コマーシャル・アタッシエ》に三日にあげず呼び立てられて、「まだか？　まだか？」とのべつ催促の食らいどおしであった。そんな、三日おきに、二、三万円ずつできるくらいなら何も苦労のねえ話であった。

「大分商売《ビズネス》は繁昌していたようだから、貸借対照表《バランスシート》を拵えて、権利義務の一切を誰か外の同業者にでも、譲渡するような方法を講じたらどうですか？」

と、この書記官《アタッシエ》は知恵を貸してくれたが、そんな知恵は何もこの書記官から借りずとも、先刻承知の助で、散々私も駈け廻ってみたことであったが、私の取引は別段、外国の新聞社に信認金《デポージット》などを積んで始めた商売ではなく、私という人間の運行一つで持っていた商売であったから、国内の同業者でこんなものを買おうなぞというもの好きは、ただの一人もない。

ともかく待ってくれ待ってくれ！　I am sorry, very sorry！　の一点張りで、押し通してしまったが、世界中で今一番対日感情の悪いのは豪州だから、確かに当時の私の未払い勘定も、一役買っているに違いないと私は考えている……なんてのは冗談としても、今では人心地がついてこんな冗談も言えるのだが、当時は冗談どころかというのであった。何とかして私という人間は、死んじまったということにしてこの煩わしさから逃げ出す工夫はあるまいか？　と必死に知恵を絞ってみたことであったが、この外にも当時の私をきびしくトッチメタものに天津《テンシン》のチャイナ・エキスプレス社の依頼を受けた、横浜の英国の総領事がある。

まるで私が、中国の経済界の攪乱《かくらん》でも図ったかのような手きびしい催促ぶりであったから、おのれ、やれ！　今に三万二千円の金ができたら、まず第一にこの総領事の面《つら》に叩きつけてくれよう！　とひそかに腹を擦《さす》ったことであったが、三万二千円叩きつける前に、大東亜戦争がおっ始まったから、えたり賢しとたちまちこの金をごまかしてくれた。もういい加減に、時効にかかった頃であろうと考えているのだが、ともかくよくもまあ、ああ催促され放題催促されたことだと、今でもつくづく感心するくらい、色さまざまな各国人から、はたられどおしにはたられたものであった。が、ないものは、どこまでいってもない。逆さに振っても鼻血も出ない身体だったから、相変らず sorry, very sorry で押し通してしまったが、ここに sorry で押し通すことのできなかったのは、私と妻と子供が二人……この親子四人の口を明日からどうして糊していったらいいかという問題であった。私にはもはや、一銭の収入もない。いわんや尾羽うち枯らした今の私に、金を貸してくれる人間なぞはただの一人もない。あるものはただただ、どっちを向いても、山のような借金ばかり……その借金よりも何よりも、ほとほと私の頭を悩ませたのは、この生計《たつき》の道をいかにすべきやの問題であった。私のような学歴も何もない、若い時から自分の好き放題な道ばかり歩いてきた人間を雇ってくれる会社なぞのあるべきはずもないし、とつおいつ思案した挙句の果てに、苦し紛れに思いついた手は、やっぱり広告を取って当座の凌《しの》ぎをつけていこうということであった。

私の眼をつけたのは、その頃経営難で大苦しみをしていた、神戸のコーベ・オブザーヴァーという、発行部数三千部ばかりの英字新聞、これはマックスウェルという神戸在住の英国人が出したり引っ込めたりしている、ブッ潰れかかった新聞社であったが、経営難につけ込んでこの広告を取って、一つ当座の凌ぎをつけてやろう！　と思い立ったことであった。これなら、私さえ足を棒にして歩き廻れば、事務所がなくても人を使わなくても、やってゆけることであったし、第一、経営難の新聞にとって、広告収入のはいること ほど有難いことはないのだから、新聞社の方でもきっと喜んで承諾してくれるに違いないと高を括っていたことであったが、果してオブザーヴァー社は大歓迎で私の申し入れを受けて、拝みます頼みますとばかりに二つ返事で、私の広告代理業たることを承諾してきたのであった。

その時分には私はもう初台の自分の家を売り払い、牛込の喜久井町《きくいちょう》の路地裏に逼塞《ひつそく》していたのであったが、その路地裏の長屋を本拠として、ボツボツと仕事の準備に取りかかり出した。広告効果も挙がらぬ、こんな潰れかかった新聞などを持ち込んだからとて、広告を出してやろうという商店は製造業者《メーカー》のないことは、わかり切ったことであった。私の名刺を見ただけで、唯今主人は留守でございますとか、広告ですか？　広告ならば今のところ、しばらく見合わせることにしていますからとか、頭ごなしにお断りをブッ食らうであろうこともまた火を見るよりも瞭《あき》らかな話であった。

元来私は、ペコペコと頭を下げて、保険屋みたいにしつこく相手につき纏うのが厭《いや》なばっかりに、自分で考え出して貿易の広告代理業なぞ始めたくらいであったから、以前から広告を貰うのに、お百度を踏んだこともなければ、揉み手をしたこともない。もっと知性的に、向うから頼まずにはいられないように仕向けさせようというのが、私の流儀であった。だから、このわけのわからない新聞にもわけのわからん相応に、やはり威厳と箔を持たせてくれようと考えたのであったが、それにはまず第一に小僧でも断りたくなるような、日本語の広告屋の名刺なぞは決して作るべきではない。名刺は英文のだけに止めておこうと、考えたのであった。莫迦莫迦《ばかばか》しいと笑う前に、見てくれ！　というのだ、効果のほどを！

Publicity Agency for Kobe Observer.
S. Tachibana, Proprietor.
26, Kikui cho, Ushigome ku,
Tokyo.

なんてなことになると、電話がなくても、喜久井町の路地裏から這い出して行っても、何かこうえらそうに見えて、ちょっと外交官でも立ち寄ったかと、間違えたくなるではないか。小僧めが御注進御注進と奥へ駈け込むのは必然であったろう。そして同時に、禿げたオヤジめも欲を出して、読めもせぬ名刺片手に、

「何か御用でございましょうか？」

と出て来ることもまた必定であったろう。オヤジさえ出て来ればしめたものであった。オヤジを摑まえてまだ広告の取れんような奴は、一人前の広告屋ではない……というのが

私の寸法であった。

が、持って歩くのが屑みたいな新聞だから、まだまだこれでは足りぬと思ったから、もっともっと私は妙案をヒネクリ出してくれた。昔、私のところに勤めていた混血児のタイピストに、アイリス・ラルマーという、ちょっと渋皮のむけた女があった。英国人と日本婦人との混血だったから、本来なれば半々の血を受けて然るべきであろうが、英国人の方が血道を挙げて、日本婦人たる母親の方が些《いささ》か拒み加減だったのか、恐ろしくバタ臭い顔をしていた。

「何をしやがる、このトンチキめ！　外国人だと思って、舐めた真似をしやがるてえと、承知しないぜ、おいそこの黒ワイシャツの兄ちゃん！」

てな、啖呵《たんか》さえ切らなければ、誰もこいつを混血児だと思うものは一人もなかったであろう。

桃色の膚《はだ》をして、碧《あお》い眼の凛《き》っと張った、頗《すこぶ》る綺麗な奴であった。私のところには、ほんの半年ばかり勤めただけで、金持ちの比律賓人《フイリッピン》と結婚するんだと、いそいそと暇を取ったのはいいが、たちまちその不良比律賓に棄てられて、それからは中華料理店主の妾《めかけ》……カフェーの女給、本牧《ほんもく》にもしばらくいたし和蘭人《オランダ》の妾……淪落《りんらく》の一途を辿って、今では何度目かの中国人の妾商売を一時休業して横浜の磯子《いそご》あたりに逼塞《ひっそく》していた。私はこいつのことを思い出して、横浜くんだりまで引っ張り出しに出かけて行った。

「広告取りを、させられるのかい？　嫌《や》だねえ、あたしゃ……泥水稼業が身に染みちゃって、今じゃもう、そんな真面目な商売は厭なんだよ」

と渋くっている奴を、俺を助けると思って！　な、な、頼む、頼む！　と遮二無二、引っ張り出してしまった。

白からも黄色からも白眼視される混血児《あいのこ》特有の僻みと、どうせ親父も、マドロスか何かだったのであろう。子供の頃からの貧苦に嘖《さいな》まれて何ぞと言えば眼を三角にして、啖呵ばかり切りたがる鉄火の姐御《あねご》気取りであったが、根は頗る人のいい、目出てえ奴であった。しかし、英語だけは習った英語でなくて、生れながらのほんものだったから、頗る大したものであった。

私はこいつを泥濘《ぬかるみ》の尾久《おぐ》三界から曳舟《ひきふね》小岩《こいわ》界隈まで引っ張り廻して、名もない小工場主を訪ね廻ったり、輸出を狙って鵜の眼鷹の眼の神田日本橋辺の小商店主を探し歩いたり、こう落魄《おちぶ》れてはもう、味の素とか郵船会社とか昔の顧客《おとくい》筋へは顔出しもできなかったから、主にそうした欲の皮の突っ張った、中小工業者ばかりを物色してくれたが、いやいるヨ、いるヨ、ウジャウジャといるヨ。欲の皮の突っ張った亡者どもは！　しかも私の想像にたがわず、釣れること釣れること、有卦《うけ》に入らんばかりであった。

というのは、何も私は、このアイリスの面を広告主に見惚《みと》れさせようという魂胆でも何でもないのであったが、ただ厳重に守らせたのは、先方の店に足を踏み込んだ途端から、店を離れてしまうまで、アイリスには絶対に日本語を使わせず、英語ばかり喋《しゃべ》らせてくれたことであった。そして私が通訳みたいな顔をして、アイリスの言うところを訳して聞かせる。時には、アイリスの言わぬことまで、私は述べ立てる。ただそれだけのことであった。

「現在の発行部数は、五万です。私どもはこれを、よそへまいっては七万と号していますが、ほんとうのところはお恥ずかしいが、五万なのです。神戸市内へは五千部しか出していませんが、実はこの新聞には中国の実業家から、大分援助がありましてね。中国の商人に読ませるのが、目的なのですよ。四万五千部を、中国に送っていますが、上海《シャンハイ》から天津《テンシン》、漢口、厦門《アモイ》、汕頭《スワトウ》、広東《カントン》、中国の港々へは、大抵行っています。日本ではあまり知られている新聞ではありませんが、中国での評判は……まあ、中国人の方にお聞きになって下されば、おわかりになりましょう。今度拡張のために、ミス・ラルマーさんがわざわざ出ておいでになりまして、日本の業者の方々の御意見も伺い、また将来の御援助も、お願いしたいと仰《おっ》しゃっていられるのです」

「Yes, I came over here two days ago, How glad I would be if you could help me out.」

「それで、ミス・ラルマーさんの仰しゃるのには、来月は日支親善号として特別に十万部ばかりを増刷して、中国の有力な実業家筋へできるだけ広く日本の商工業界の実情を知らせたいと仰しゃっていられるのですが、広告をお出し下されば、必ずそれだけの効果はあると思います。中国からお宅の方へ直接に、商品の問合せなり照会なりが、今まで私どもの経験によりますと、たいてい一回の広告で二、三十通ぐらいは、来たように覚えておりますが……いかがでしょう？　お宅様でもこの際、一つ御協力をお願いできませんでしょうかね？」

そこへチョロチョロと、四つ五つの鼻垂らしでも出て来れば、もうこっちのものであった。

「おお可愛い！　これはお可愛らしい！　おいくつ？　お嬢ちゃん……あなた、おいくつ……？」

「What a darling! How old are you, dear?」

三十円か五十円の広告料欲しさにネ、散々日本語のわかり過ぎるほどわかっている、ミス・ラルマー野郎のアイリスまでが、溶けそうな顔をして見せる。

「えへへへへ四つでござんすよ、あなた！　四つで……」

と、バカおやじが相好を崩して、つい釣り込まれて、自分の片手を開いて見せる。

「Oh……四ッ……四ッ……My, but you are cute!　ワタクシ日本語……ワカラナイ……Hou do you say cute in Japanese, Tachibana San?」

「タイヘンニ可愛ラシイ」

と通訳の私が、註を入れてやる。

「……ワカリマス……アナタ……タイヘンニ……カワイラシイ……」

この阿婆擦《あばず》れめが碧い眼球《めだま》を引っ繰り返して、もう一遍可愛いという科《しな》よろしくあると、この辺でおやじの意思が、頓《とみ》に動いてくるから、妙であった。

「では、せっかくのお越しですから、ほんのおつき合い程度にお廉《やす》いところで広告を願っておきましょうか？　一体よそ様はどういう振り合いになっておりますんで？」

とくるから、まことに人間の心理というものは複雑微妙変転極まりないものであった。

その方は、一切随員に任せてありますからと言わんばかりに、ここでミス野郎のアイリスが、日本語がわかったようなわからんような面をして、天井を見上げて嘯《うそぶ》き、では事務的折衝の方は、随従の私がいたしますとばかりに、私が領収証片手に一膝《ひとひざ》乗り出す。

潰れかかっているコーベ・オブザーヴァーでも、急に東京方面の聞いたこともないような、小製造業者《メーカー》たちの怪しげな広告が、続々とはいってくるのには眼を廻したであろうが、私もオドロイた。効目《ききめ》があろうとは、かねて予期しながらもこれほどまでに効果覿面であろうとは、夢にも思わなかったからであった。

もし一人で私がやって来ようものなら、英語の名刺を振り廻そうが独逸語《ドイツ》を囀《さえず》ろうが、今頃になってもまだ埒はあかず、鼻っ垂れ娘を半殺しにせんばかりに撫《な》で廻し、領収証を鷲摑みにして殺気だってもおやじの意思が煮え切らず出すの出さねえのとゴテついているであろう頃に、アイリスさえ引っ張って来れば、口笛でも吹かんばかりに悪漢ども二人は煙草を輪に吹きながら、次なるカモを探しに電車チンチン、動きまァす！　であった。

『橘外男ワンダーランド5　ユーモア小説篇』中央書院　1995年

こんな者を使つた所が仕方がない、軍資金を出せといふことであつた。

――戸川残花『史談会速記録』第二百四十輯

大正二年一月二十三日戸川安宅《やすいえ》君臨席　山田武八郎　速記

勤王実効の旗下の件

これで明治の初め、慶応の終になりまして、徳川慶喜公が大政を奉還されることになりました、さうして慶喜公が恭順されましたものでありますから、大名でも旗下でも遠慮なく所領へ帰るが宜《よ》い、所謂新政府に仕へろといふ様な意味でございました、一万石以上の大名は皆国に帰つて仕舞つた、露骨に申しますと可笑しい話で、一万石以上の大名は家来でなくて一万石以下の旗下が家来だといふのは可笑しい、九千九百九十九石迄は旗下で、一石殖《ふ》えると、旧藩地に帰つて朝廷に仕へても構はぬ、一石足りないと、何だか主人に背く様なことになつて、仕舞つた、（編者・中略。以下同）私共は小さい者でありまして表高は三千二百石旗下の内では高禄、大名から言へば微禄であります、其家で勤王実効といふことを言出した、（中略）所が愈々《いよく》勤王実効といふことになつて仕舞つた所が、江戸を抜出すことが困難であります、（中略）私の兄は家を継いで居るから、京都は出ることは出来ぬ、私は弟でありますから、兄の代理で勤王実効をする為に京都へ行くことになつた、（中略）明治元年二月でありますから、東海道は官軍が下るといふので、東海道を行くことは出来ませぬから、船で兵庫へ参ります、（中略）京都へ行つてから、東寺の寺の役人の家を借りて、第一番に勤王実効の願書を弁官役所に出した、（中略）考へて見れば愚《おろか》なことで、周旋方《しゅうせんかた》といふ者が入らざることを言つて、酒を飲んで、こちらの方へ周旋するからモウ百両渡せとか、今日は暇だから祇園町に出掛けろといふ、私は幼年であつたから無論行きはしないが、家来は仕方がないから出て行つて、祇園町で一晩夜を明かす、さうして周旋方が金を取つて居つた、所が何の御沙汰がない、其内に上野の戦争が起つた、兄はそれ迄江戸に居りましたが、危険でありますから備中《びっちゅう》の方へ引込んで仕舞つて、また朝廷へ願ひ出して、愈々《いよいよ》江戸を引払つて仕舞ひましたから、本領安堵をさせて下さいといふことを願つた、所が段々と延引して七月八日になつた、奥羽口には戦争が始まつた、徳川家が七十万石と極りましてから、弁官所から、大きな紙へ楷書《かいしょ》で、立派な字を書いた書附が下つた、（中略）それで私が家督になつた、さうして下太夫といふものになつた、（中略）、小御所で竜顔を拝する（天皇に拝謁する）といふので、七人か八人か小御所へ出た、（中略）私は子供で十四でありますから、物珍らしいので一寸首を上げて見た、其時《その》分御簾《みす》が御顔迄上るといふことは滅多にない事で、何の袍（上衣）を召して居られるかと拝見しましたら、紫色の袍を召してお出で遊ばした、勿論竜顔を拝することは出来なかつた、子供心に竜顔を拝すれば目が潰れると思つて居りました、（中略）それから先帝の御即位式がありました、（中略）御即位式が終つて、私共国へ帰つても宜いといふことであります、止せば宜いのに又願を出した奥羽戦争に使つて下さい私の所では稍く《ようや》四十人か五十人の者ですから、僅に一小隊位の者で、野戦砲の一挺位を引き出す位のものでありますから朝廷でもお考になつたのでありませう、こんな者を使つた所が仕方がない、軍資金を出せといふことであつた。今日考へれば痛いですな三度に三千両斗り《ばか》上納しました。其時の書附が残つて居ります、甚だ《はなは》下品なお話でありますが、明治の初の三千両でありますから、今日の三万円よりも多い、それを例の周旋方に頼んで京都に急に出入り商人を拵へ《こしら》て、高い利子を払つて金を借りた、三千両の軍資金を出した、朝廷は余程御窮迫であつた。私も固《もと》より窮迫でありますが、兎《と》に角《かく》五千何百石表高三千二百石に縄延びを入れの本領安堵で、下太夫になつたので、親類の者も安心した、そこで備中へ大威張りで帰つて来たさう致しますと翌年に東京詰を仰付《おおせつ》かつた、（中略）帰つて来た時は只今の飯田町の赤十字社の隣に同じ戸川といふ同姓がありました、其《その》屋敷と交換（残花の旧邸は築地にあった）して下さいましたので飯田町の屋敷に移りました、さうすると僅か半年経つか経たぬ内に、減石仰付けられた、（中略）実は世の中は滑稽なもので、明治元年の二月には、家来が心配して汽船を一艘借込んで、家来五十人の家族でありますから、百人斗りの者と、主人の弟を船に乗せて沢山の金を使つて京都へ行つて、周旋屋に沢山金を取られたりした、来年の二月になると、百二十石になつて仕舞つた。領地は勿論奉還となつた、

『史談会速記録』第二百四十輯（史談会、大正二年）１９１３年

何事かと思って私ものぞいてみると、「競売公告」という字のわきに、私の父の名が出ていた。

——大宅壮一「現代借金論」

自分のことをいうのは気がひけるが、私は少年時代に、貸手と借手の両方の使い走りを一人でやらせられた。

私の生家は醤油屋で、年二回の「節季」がくると、集金に廻らせられた。払えない家も沢山あった。集金率が悪いと、ひどく叱られてまたやらせられた。その中には、数十円もコゲついているのに、行くごとに十銭宛ずつしか払わないのがいた。これじゃ皆済むまでに何十年かかるかわからない。

後に私も東京へ出て、ひどく困っていた頃、米屋にその手を試みようと思って、恐る恐る十銭出したところ、相手はその十銭玉をたたきつけて、大声でどなったので、私は平あやまりにあやまったことを今も覚えている。

また私の家は小さな借家を沢山もっていて、毎月二円か三円の家賃を集めて歩くのが私の仕事で、これが一番嫌だった。子供が大勢いて、米も買えないという家から、五十銭玉一つでももらって帰るのは、今思い出してもゾッとするほど嫌だった。

そのうちに、私の家が左前になった。見知らぬ男がよくやってきて、父を相手に恐ろしい顔で話しこんで、いつまでも帰らなかった。私はよくその男たちのところへ手紙をもってやらされた。借金のいいわけであることは、すぐカンでわかった。そのたびに私は身慄いした。

或る日、村役場の前の掲示板に、子供たちが大勢あつまっていた。何事かと思って私ものぞいてみると、「競売公告」という字のわきに、私の父の名が出ていた。子供たちには、その意味がわからないので議論していたようだが、私は直覚的に了解した。そして黙ってその場を逃げ出した。

『文藝春秋』１９５０年6月号

月二百円いるものを
百円足らずも稼げないのだから、
低能だと言われても仕方のない訳だ。

――葛西善蔵「貧乏」

僕は貧乏の生れで、貧乏に慣れているから、貧乏を苦しいとは思わないが、四十を過ぎているのにこの貧乏では全く世の中が厭《いや》になる。

といって僕は厭世家でも、厭人家でもないのだが。

いつまでも貧乏をしているということは悪いことで、世の中の人の誰となしに迷惑をかけるのであるから、向こうから僕のほうを厭がってしまうのである。

例えば、酒屋に借があっても払うことが出来ないとか、また米屋とか魚屋にしてもそうなって行くので、だんだん世間が狭くなって、世田ケ谷の三宿に住んでいても出歩くこともしないのだから。

これがせめて、若い間のことであるとこれから一儲けして、そしてその償いが出来ると思うから、どこに借を拵《こしら》えて置いても、未だ自分自身で、そう厭になることもないのだが。四十を越していて、月二百円いるものを百円足らずも稼げないのだから、低能だと言われても仕方のない訳だ。

人間は三十から三十五位の間に働いて儲けなくては駄目のものだ。

僕のように四十を過ぎてしまっては、もうこの先にそんな望みはとても持てはしない。

僕はもう墓は作って出来上っているんだが、今は墓掘ばかりしているんで全く心細い。

墓掘もいい加減にやめたいと思う。

『葛西善蔵随想集』阿部昭編　福武文庫　１９８６年

裸身《はだか》では困るだらうから、これでも着なさい。

――松林伯円「松林伯円（経歴談）」

世の中は安政の七《ママ》年《安政五年》、十三代将軍には御他界なされまする、虎列剌《コレラ》は初めて流行いたしまする、外国からは談判手厳しく、市中は寂々《せきく》として、まるで無人の境を歩むも同然、かつは御停止でありますれば、寄席亭は残らず戸を閉めて、芸人共は皆家にひそんで居りました。

其頃私は放蕩に身を持崩し、酒は飲む、女郎は買う、博奕《ばくち》は打つ、三拍子揃ツた道楽者で、女房は左《さ》る小間物屋の娘で照《てる》と申し、其親父といふが、はじめ私を見込んで、新らしく家を普請《ふしん》いたし、所帯道具一式に、娘をつけて私に呉れました者でしたが、今此のふしだらを見て、迚《とて》も末始終見込のない者と諦らめましたか、私の留守に女房を連て帰り、家は借金のかたに売ツてしまひました、サアモウ帰るには家はなし、妻もなし、今更悔んだところが及びもつかず、仕方がありませんから、麻布に賭場が立て居るのを幸ひ、其処へ参て見ましたが、二三番の賭けにとう〳〵赤裸身《あかはだか》となツて仕舞ひました……処が未だ目は覚めませんナ……悪い事とは心付ず、ぶら〳〵と芝西久保の友達の家へやツて参ツて、虚《う》言《そ》を吐いて、羽織、袴と小袖に、刀大小を借込み、それをソツト近隣の質屋へ持ツて往ツて、其金をも又残らず奪《と》られて仕舞ひました、さすがに今度は途方に暮れて居りますと、これもやはり西久保の心やすい蕎麦屋の老爺《じい》さんが、親切に誡《いまし》めいたはツて呉れて、お前、裸身《はだか》では困るだらうから、これでも着なさい、といツて呉れましたのは十二三の男の子が着るやうな弁慶縞の浴衣一枚、今なら古着屋で三銭位のもの、それを着て暫く其《その》家にうづくまツて居ましたが、さて恁《か》うなツては絶体絶命、つく〴〵過ぎし事共思ふにつけては、我が罪業に身は切らるゝばかり……其頃実父は深川木場で有福《ゆうふく》に暮して居りまして……釣りが好きでナ……実母も居りましたが……さん〴〵両親《ふたおや》の面《かほ》へは泥をなするし、親類縁者にもあはす顔もなく、恁《かく》ては生きて此の赤恥忍ばうより、寧《いっ》そ死んでお詫をと深く思ひつめ、ふら〳〵と表へ出は出ましたものゝ、顧《み》れば此身の姿、我ながらます〳〵あいそがつき、どうも此のざまではと、現在生みの父母にすら暇乞《いとまごひ》に行けず、夜間を幸ひ、二十五歳の大男が子供の浴衣一枚で、永代まではやツて参りました。処が前申す通り、さらぬだに市中は寂々寥々《れうれう》、時は九月中旬《なかば》の月冴《さ》えて、深夜の風はサツト身に染み渡る……これが死神とでもいふものでしやうか、欄干に手をかけてボンヤリ、身はゾク〳〵と引入れられる様、歯をくひしばツて今死なうとすると、ふいと向ふに光るものが見えまする、ハテナ、一朱銀、子供の玩弄品《おもちや》の一朱銀でゞもあらうかと、何心なく拾ッて見ると、鉛でもない、正真の一朱銀です、手に取ツていよ〳〵一朱銀といふことがわかると、不思議ですナ、今死なうといふ身にも欲が出て、ソー云やア今日は二食《じき》しか喰べなかつたと、俄《にわか》に腹のヘツた様な気持ちになり、それを持てぶら〳〵永代を渡る時に、ふと心に浮び出《い》でました『一朱を拾うは一生を拾う』たも同じ事、この血気《わかさ》に如何に身がつまればとて、まだ〳〵死ぬところではないと、思ひ返へしましたら、奇妙な者です、神機《こゝろ》はグワラリとかはツてしひました。

それから橋を越えると向ふに茶飯屋がある、すぐ入って食はうと思ひましたが、ソコはソレまだ心に正真《しょうじき》な所があるからして、表に突立ツたまゝ亭主を呼び出して、『オイ老爺《じい》さん、一寸《ちょっと》これを見て呉んな』とかの一朱銀を渡しますと、手に受けて、『ヤア、これは一朱銀、たしかに一朱銀、光るは〳〵』と微笑むのを見すましてから、其処へ腰をかけて、三四杯グット詰込んだあとにまだ三百ばかりの銭が残ツてました。
それを持て、夜道を辿りながら、爰処《こゝ》ア一ツ小団次《たかしまや》……今の小団次の実父に……泣きついて何とか頼まうと思ひましたものゝ何分《なにぶん》にも気が咎《とが》めて往けませんから、其腹で中島屋といふ船宿をあてに足を運びだしました……茲処《こゝ》の亭主は三五郎と云て、猿若町の幅利きでしたので……さて門口へ往き着たが、どうしたものかカラ門戸《おもて》を叩く勇気も出ません、そこで今考へりやア馬鹿げきツてますが、表に立て蚊をはたきながら、ボンヤリ夜の明るのを俟ツてました。子供の浴衣を着て子《ね》ー。

『当世名家蓄音機』関如来編　文禄堂　1900年

3章

踏みたおす

あるやつが出せばいいんだから。

――川端康成「借金の名人・川端康成の金銭感覚」（梶山季之）

今　（編者註・今東光）菊池寛は川端を、ある意味では横光（利一）よりも認めていたんじゃないですか。川端の学費とか、いろんなものを援助したのは菊池寛ですよ。

梶山　ほう、そうですか。

今　ときには一緒に菊池寛の家へいったこともある。富坂にいたころですよ。菊池寛はな、いつでも将棋をひとりでやってるんだ、本を見ながら。そこへ川端がミミズクみてえな顔して（真似てみせる）。ほんとにミミズクみてえな顔してた（笑い）。菊池寛、なんともいわないんだよ。川端には、もう呑まれたみたいになってね（菊池寛のカン高い声色で）「きみはなんできたんだい」って、おれにばっかりいいやがるんだよ（笑い）。それでも、川端、いわない。一時間ぐらい黙っていてから、「二百円要るんです」いきなりぽんというんだ。

梶山　大正十年の二百円？　すごいな。

今　なにに使うかなんて聞かないよ。川端じゃだめだと思うんだな。「いつ要るの」「きょう」（笑い）。まるで借金取りに行ったみてえだ。すると、大きな財布から十円札そろえて出す。「さよなら」、それでおしまい。

梶山　借用証なし？

今　いまでも川端はそうですよ。絵を買うったって、何千万もするやつを、「それいただきましょう」だからね。どうするんだか見当つかん。おれなんか逆立ちしても、あんな芸当できないよ。金がなくとも、びくともしませんな。「あるやつが出せばいいんだからら」ってね（笑い）。強盗だね、まるで。

（『噂』四十六年十一月号「今東光の文壇巷談――菊池寛も負けた〝ミミズクの顔〟の魔力」より抄録）

（編者・中略）

……これまた大宅（編者註・大宅壮一）さんの話であるが、文筆生活に入られてから川

端さんは、金がなくなると、インクを半分ほど小瓶に移し入れ、インク瓶と万年筆を持って質屋へ行き、

「一円貸して下さい」

と云ったのだそうだ。

質屋の親父は、作家が万年筆とインクなしに原稿を書けないと思い込んでいるから、快くその要求に応じる。

しかし、Gペンがあれば、小説は書けるのであった。

おそらく大宅さん一流のゴシップであろうと思うが、菊池寛氏への借金の申し込みぶりと云い、この質屋のゴシップと云い、川端さんは借金のコツと云うか、人情の機微を知り尽していた処世の〝名人〟と云う気がするのである。

（編者・中略）

十数年前にも、こんなことがあった。

北条（編者註・北条誠）さんが京都の南座で、ご自分の芝居を演出されている時、やはり川端さんから電話があって、

「京都に来ました。会いたいから、今からそっちへ行きます」

と云う。

ところが待てども、待てども来られない。

仕方なく受付に伝言して、近くのビヤホールで待っていたが、連絡もない。それで不安になって劇場へ行ってみたら、ニシンそばの店の前で、トランクの上に腰をかけている川端さんの姿が見つかった。

「どうしました？」

と聞くと、

「金がなくなったから、これから鎌倉へ帰ります。タバコがないから、タバコ下さい」

との返事であった。

それで京都駅まで送って行って、ネービーカットを買って差し上げると、今度は、

「弁当代ください」

と云う。

つまり、スッカラカンなのである。

それでホームまで送って行くと、特急「はと」の展望車に乗り込んで坐るのであった。

北条さんが心配になって、

「先生。切符はあるんですか？」

と訊くと、川端さんは平然と、

「検札の人に云って、あとで払います」

と答えたそうだ。

『噂』1973年8月号

それに大体、借金というものは、あれは返すものじゃありません。

――坪田譲治「借金について」

「P君、どうしたんです。」

P青年は外に立っていて、私を見ると、黙って、頭を下げました。何度も下げたが、泣いてる様子もありません。

「さあ、お入りなさい。A君に聞いたけど、何もすまないことはないでしょう。」

そういうと、わけもなく、私の後について、入って来ました。部屋に坐ると、然し、

「どうも先生すみません。ホントにすみません。」

そう言って、何度も何度もお辞儀をしました。そこで私は、

「何がすまないんです。」

そうきき返しました。すると、彼は、

「いえ、この間は大金を拝借しまして――。」

そう言うのです。そこで私は、

「何だ、あのことですか。あんなことをいつ迄《まで》言ってるんです。案外、君は気が小さいんですね。こっちはもう忘れていましたよ。東京では、そんなことを、いつ迄も気にしているものなんかいませんよ。それに大体、借金というものは、あれは返すものじゃありません。貸す方にしても、返ってくると思って貸すものなんか、まあ文士の中には居ないでしょう。ボクなんか、そうだなあ、何千円借りてるかしらん。兄から八百円、二人の弟から、そうだな、五千円くらいかな。そのほか、友達先輩、数えてくれば、キリなしです。でも、返そうと思ったこともないし、先方でも、返してくれると思ってもいないらしい。それをたった五円に、門から入れないとは、一体何のことですか。気を大きくおもちなさい。ま、ボクから証文でも書いて、何千円か借り出して、それが何年も払えなかったら、そうしたら少しはシキイが高いと思ってもいいです。五円が何ですか。」

こんなことを言って、私は大いにいばって見せました。その間、彼は、

「ハア、ハア、ハア。」

そう言って、頭をしきりに下げていましたが、私の言葉が切れると、

「では、先生すみませんが、もう五円貸して戴けませんでしょうか。」

これを聞くと、私は、ついおかしくなって、

「ハッハハ……。」

と笑ってしまいました。全く冗談ではありません。私はまるで、落語のように旨い話にのせられたのです。自分でのって行ったのです。と言って、今さら引込むわけにも行きません。

「いや、旨くのせたですねえ。ちょっと、こっちは引込みがつかない。仕方ありません。それでは、とって下さい。」

私は机の抽出しをあけ、五円をP君の前に出しました。P君はニコリともせず、大まじめに頭を下げて、それに長い手を出しました。その時全く、その手が長く見えたのです。然しその後何日も、いや、何年も、私はそれを笑っていいのか、怒るべきなのかわかりませんでした。今でもやっぱり解らないようです。


『坪田譲治全集　第6巻』新潮社　1978年

借りればネ、直《じ》きだよ。借りたおすのサ。

――勝海舟「清話のしらべ（31・10・23）」

明治三十一年十月二十三日（午前九時より十一時半まで）

官制改革も出たし、ちょうどいい機会だから、辞職をしようと思っている。イツでもそう八釜《やかま》しく言うことは出来ず、誰がおとめなさるかと聞くと、お上がそのままにしておれというものだから、仕方がなくこうなっているが、今度はちょうどいいようだよ。こちらは、本当に老朽だからネ。それに、いよいよ財政も困って来るよ。月の入用が、五百両だよ。月給が三百両で、あと二百両はどうかこさえなければならぬ、それも、家禄はワシがいるうちは、それでいくが、死んでから、皆んなが、それを当てにしてはならぬから、ひどく骨を折るのだが、どうしても、もう出来ぬよ。せめて、家禄のほかに、二千両あるとネ。千両を、皆んなに分けて、あとの千両を、孫娘〔伊代子〕にやると、その内、五百両で暮して、あとは別にするだろうがネ。コレでも、借りればネ、直《じ》きだよ。借りたおすのサ。それは、直きだが、それは一銭もしない。コナイだも、郵船の払込みに、六千両いるから、借りようとしたら、出来ない。段々きくと、千駄ケ谷〔徳川宗家〕で、茶々を入れるのサ。アーやっているうちに、私がほかで借りたりすると、面目がないというのサ。それでも、アチラからは、決してとらない。とうとう、公債を売って、払込みをしたよ。それで、マア孫娘の千両は出来たがネ、その代り葬式に五百両ためてあったのも、取って遣《つか》ってしまった。ソンナ事をなさらないでもという者があったが、自分の葬式の入用を、人をあてにするものかというて、それで別にして置いたが、とうとうそれを取ってしまった。ナニ、辞職すると、反《かえ》って、暮しが楽になるよ。田舎まわりをしても食えるからね。方々で、たいそうな招待だから。匹田《ひった》〔疋田、娘孝子の婚家先〕からは、二千両借りている。月に、二十両ずつ利子としてやるのサ。ナニ方々へ、月々十円、二十円、三十円、四十円とやるのが、たいそうだよ。己《おれ》が死んだ後《のち》、千駄ケ谷に行くようでは、第二の山岡〔鉄舟の遺族〕になるのだから、それがいやだからね。

『新訂 海舟座談』巌本善治編　勝部真長校注　岩波文庫　1983年

そのうちちゃーんとぜんぶ払ってやるから、今日のところは帰った、帰った。

——吉行淳之介「天ぷら屋の借金」

そのうち、天ぷら屋が会社まで勘定の催促《さいそく》に来はじめた。その催促係というのが、十六、七の気が短そうな感じの少年で、出前持ち風に自転車に乗ってやって来ては、軀《からだ》をふるわせて怒る。

借金の言いわけ係は小生だから、出て行って肩かなんかたたきながら、

「おまえ、まあそんなに怒んなよ。そのうちちゃーんとぜんぶ払ってやるから、今日のところは帰った、帰った」

というと、ブツブツ文句を言うけど、結局は帰って行く。

で、その晩また二、三人で平気な顔でその天ぷら屋へ行って、

「おい、酒」

という。

酒を七、八杯飲み、勘定を払わないで帰る。すると、数日経って、また少年が自転車に乗って怒りにくる。

そこで、ふたたび肩を叩いて怒りをなだめて、

「安心しろよ、帰った、帰った」

といい、その晩たちまち出かけて行って、

「酒だよ」

それを、何度となく繰返した。

今から考えると、どうして小生にあんなことができたのか、謎《なぞ》である。いまの小生なら、まず行かなくなり、そのうち何とかして金をつくってまた行くとか、そういう形になる。


（編者・中略）

ここで先程の、田中冬二さんを社に迎えたという話に戻ると、田中さんのつてで、当時の金で何十万円かの融資をしてもらうことができた。そのことがきまった瞬間、

「牧野さん、あの天ぷら屋の勘定を早く払いに行きましょうよ」と、開口一番言ったのである。さいわい、小さい声だったが。さすがに、社長ともなると分別があって、

「バカッ、シーッ。こういう融資というものは、もっと前向きのことのために使わなきゃいけないんで、まず印刷屋、紙屋、原稿料などの勘定をある程度解決した上で、次の手を打つという順序で考えなくちゃいかん」

という。もちろん小生もその考えはわかっているのだが、天ぷら屋が気になって仕方がない。

その気持をもう少し論理的にいえば、紙屋とか印刷屋は十分に儲《もう》かっているのだから、繫《つな》ぎの金さえ払えば何とかなると思うけど、天ぷら屋は個人で細々とやっているのだから、そっちを優先すべきである、というようなことだ。

『吉行淳之介エンタテインメント全集　Ⅸ』筑摩書房　１９７７年

世に借金取りに出あうほど、恐しいことはまたとない。

――井原西鶴「門柱《かどばしら》も皆かりの世」

さて、世に借金取りに出あうほど、恐しいことはまたとないのに、数年背負いつけた者は、大晦日にも逃げはせず、昔が今に、借金で首切られた例もない。ある物をやらずに置くのではない。やりたいけれど、無いものはないのだ。かなうものなら、今のうちに金のなる木がほしい。さても、蒔かぬ種は生えぬものだと、庭木の片隅の陽あたるところに、古筵を敷き、包丁の刃を研ぎつけて、

「折角《せっかく》錆を落したところで、小鰯一匹切るわけではないが人の気は知れぬもの、今にもにわかに腹の立つことが出来て、自害する用にも立つまいこともなかろう。おれももう五十六だ。命の惜しい年ではない。中京《なかぎょう》の金持の腹ふくれどもが因果で若死という時、お

れの掛買いをすっかりすましてくれるというなら、氏神、稲荷大明神にかけても、偽りなしに腹かき切って、身替りに立つ」

そう言ったまま、狐つきの目附きで包丁をふりまわしているところへ、鶏が嘴を鳴らして来た。

「おのれ、死出の首途に」

と、細首打ち落すと、掛取どもは見て、胆をつぶし、こんな無分別な男に言葉質を取られたら面倒だと一人一人帰りがけに、茶釜の前に立ちながら、

「あんな気の短い男に添わっしゃるお内儀が、縁とは云いながら、可哀相なことだ」

と、各々言い捨てて、帰った。

よくある手だが、質《たち》のわるい節季仕舞いだ、何の詫言もせず、さっぱりと埒を明けてしまった。

その掛取りの中に堀川の材木屋の小者がいた。まだ十八九の角前髪《すみ》で、しかも弱々として女のような性質だったが、存外心に強いところもある若者だと見えて、亭主が嚇《おど》しかけの最中、平気で竹縁に腰を掛けて袂《たもと》より数珠取り出して、一粒ずつ繰って口の中で称名を唱えていたあげく、やっと人もいなくなり、静まってしまうと、

「さて、狂言もすんだようですね。てまえの方の勘定をいただいて帰りましょ」

と、言った。

「男ざかりの者どもさえ了簡して帰ったのに、おのれ一人あとに残って、仔細らしく、人のすることを狂言とは何だ」

「この忙しいさなかに、死ぬの生きるのとは、無用のたわむれと思いました」

「余計な口きくな」

「とにかく、取らねば帰りません」

「何を」

「お金を」

「誰が取るんだ」

「誰がものでも取るのが、私の得手。朋輩あまたある中で、人の手に負えぬ取りにくい掛けばかり、二十七軒を私が受けもって、これこの帳面見て下さい。二十六軒はとってしまい、あとここだけで、取らずには帰れぬところですわい。この金払わぬうちは、普請なさった材木はこっちのもの、では、外して帰ろう」

と、門口の柱から大槌で打ち外しかけたので、亭主かけ出て、

「堪忍ならぬ」

と、言う。

「これこれ、おまはんの横車も今時はもう古い。当世流がわからぬと見えますな。この柱外すのが当世の掛取りのやり方だ」

と、少しもこわがる風もなかったから、亭主は致方なく、詫言して、残らず代金を払った。

「金をもらったからには、文句もありませんが、何としてもあなたの横に出ようが古い。随分と貸方を泣かせて来たあなたが、それではあきません。お内儀によくよく言いふくめて、大晦日の昼時分から夫婦喧嘩と見せかけるんです。お内儀は着物を着かえ、『ああ、出て行くとも。出て行くからには、人死が二三人あるのは、わかっているね。大ごとだよ。お前さん。それでも是非去《い》ねというの。去なずに置くものか。去んで見せる』と、こういう時あなたが、『何とぞ借金すませて、あとあとで立派な最後だと言われるようにしたいものだ。人は一代、名は末代だ。しかし、これも是非がない。今月今日が百年目、さても口惜しいことだ』と、いいながら、何でも要らぬ反古を大事なもののような顔で、一枚一枚引き裂いて捨てるのを見れば、どんな掛取でも、長居は出来ないものです」

と言うと、

「今までその手は出しませなんだ。お陰によって、来年の大晦日は、女房よ、これですますことじゃ、さても、さても、あんたは若いが、思案はおれを越した、されば越した年の暮の、お互いのうち祝いに」

と、さっきの鶏の毛をむしって吸物にし、酒盛りをして帰したあと、

「来年をまつまでもない。毎年面倒な掛取りは、夜が更けてからだぞ」

と、にわかに喧嘩をこしらえて置き、万事をすましました。

誰が言うともなく、後には、大宮通りの喧嘩屋とよんだ。

『世間胸算用』井原西鶴　織田作之助訳
『定本織田作之助全集　第2巻』文泉堂書店　1976年

果物までツケでもらっていた。
そのころの借金は　ほとんどかえしていない。

——田中小実昌「西荻窪の借金」

西荻窪南口の路地で飲んでいると　そこのママが　街のお客さんみたいねと言った。西荻窪南口の「街」という飲屋で　毎晩のように飲んでいたことがある。戦後のカストリやバクダンからふつうの焼酎にうつりかわったころだが　闇酒ではないふつうの焼酎にもメチル含有量などが書いてあった。

「街」の主人は文学中年で同人雑誌をやったりしてたが　いつも店の片隅にノートをもってすわっていて　ツケで飲むときは　そのノートに赤鉛筆で　借りた金額を書きこんだ。赤い数字なんて気味がわるいよ　とぼくがケチると「街」の主人は　だって　貸した飲代は赤字だろ　と言った。「街」の主人は飲みすぎで死んでしまい　店も代がうつってスナックみたいになり　数年前に火事で焼け　今はちいさな空地になっている。今あるのは　うしろの共同便所だけだ。この前のアパートは焼けのこった建物で　このあたり中央線沿線が泥んこ道の文化村と言われていたときの名残りがある。アパートという言葉が耳新しかったころ　金のないインテリたちが　このあたりにすみ　文化村などとよばれていたが　道は　雨が降ればどろどろ　文化鍋　文化マンジュウなんかとおなじで　文化と名がつくと　どうして安っぽくなるのか。

西荻窪で飲んでいたころは　毎晩のように飲んでるくせに　食べる金がないことがちょいちょいあった。桜の花が咲くころ　ウィスキーの壜に番茶をいれて　善福寺池にあるいていきオタマジャクシをとって　番茶のなかで泳がせていたら　池のそばでお花見をしていた人たちが「へえ　オタマジャクシはウィスキーのなかでも元気なんですね」と感心し　ぼくたちに酒を飲ましてくれ　重箱にはいったお花見のごちそうももらって　空腹につめこんだこともあった。「街」のむこうのちいさな踏切りのそばの果物屋では　果物までツケでもらっていた。そのころの借金は　ほとんどかえしていない。

『潮』1982年5月号

つまり借金は智慧だね。

――齋藤緑雨「作家苦心談」

彼《あ》の頃（二十四年）色つぽいものと云へば、硯友社の受持で、其《そ》れが奈何《どう》だと云へば、例の佳人才子を少々向きを変へたばかり、何でそんなものが色つぽいものか、と云ふやうな料簡《りようけん》と、今一つは、其の頃はやツた恋は神聖だといふ説が癪《しやく》にさわツたこと〻、此の外に又、あれを書く気に自分をさせたのは、魯文以来、千篇一律になったなツた芸娼妓《げいしようぎ》ものが、猥褻《わいせつ》だと云ふんで排斥されてゐましたネ、此の風潮に対してヤケにさかさまに出かけて見やうと思ツたので、芸娼妓だツて恋も知ってゐるし、人間らしい所もあると云ふのを見せてやらう、と云ツたやうなつもりで、『かくれんぼ』如き途方もないものを書いたが、其のあとで西鶴の『一代女』『一代男』を見てぎよつとした事があつた。彼《あれ》をかいた時、露伴君は三度か君は西鶴の『一代女』『一代男』を読んだらう、と尋ねたことがありましたがネ、僕は後で見たんだ。紅葉氏は『かくれんぼ』を評して、裏長屋のかみさんが足駄はいて、どぶ坂の上をかけ出すやうだ、と云ツたそうだ、が其れは文の評だらう、西鶴ずきの紅葉さんが、そんな事を云つてはこまる。勿論『かくれんぼ』には本《ほん》から取つて来て、鬘《かつら》だけを取りかへたやうな女は居ない。出版の当時、頻《しき》りに淫猥だとの評をうけた、が皮さへかぶツてゐればいゝと思ふやうな奴《やつ》は、淫猥とでも云はねば済むまい。『かくれんぼ』は少くとも、三四千の金を空《くう》に棄《す》てた奴《やつ》でなくてはわからぬ。金持が金を使ふのは何でもないけれど、無い金を三四千も遣ふと、少しは世間が見えてくる。つまり借金は智慧だね。

『齋藤緑雨全集　巻二』筑摩書房　1994年

彼はいつのまにやら夜逃《よにげ》してゐた。

――種田山頭火「其中日記」

昭和八年三月廿六日

日本の春、小鳥の声、人間の声。
朝酒はよいかな、敬君はまだこのよさを解しない（解すれば不幸だが！）。
飯の白さも四日ぶり、敬君ありがたう。
俊和尚からうれしい手紙。
二人で歩いて二人で入浴、何日ぶりの入浴か、髯《ひげ》を剃《そ》る。
樹明君を学校に訪ねる、校庭の何とかいふ桜はもう咲いてゐた。

魚を買ふ、酒を借る、樹明君が七面鳥の肉をどつさり持つて来る、春は三重奏の酒宴のはじまりはじまり。

うまい肉だつた、よい酒だつた、今夜はおとなしく別れた、このところ樹明君大出来、あつぱれなおちつきぶりだつた、私と敬坊とはたしかに落第だつた。

ヨーヨーをやつてみる（樹明君が持つて来たので）、誰だかヨーヨーとひやかす。

出来るだけ借金を払ひ、出来るだけ買物をする、酒屋へ弐十弐銭、米屋へ弐十三銭、そして古本屋へ十銭払ふべく行つたら、彼はいつのまにやら夜逃《よにげ》してゐた、近頃ユーモラスな題材が多い。

落し物をした、――拾ふことあれば落すことあり、善哉《よきかな》々々。

一人となつて、千鳥が鳴くのを聞いた、やつぱりさびしい。

ねむれないから本を読む、本を読むからねむれない、今夜は少々興奮したのだらう、とかくしてまた雨となつたらしい。


『山頭火全集　第五巻』春陽堂書店　１９８６年

又、又、又、女に惚れてしまいました。

――小池重明「再び全国制覇」（団鬼六）

小池の生活は窮乏の一途を辿《たど》るのだが、小池の将棋に関するカンはますます冴《さ》え渡っていくのである。

――サラ金地獄に加え、それに仲間からの借金もますます膨らむ一方でした。私は矢のような借金取りからの催促にもそっぽを向いて素知らぬ風を装うコツも覚えました。アマ名人を獲得してから交際範囲も広がり、遊興に落とす金もかなりの額になったことは確かです。定職をもとうと何度、思ったかしれませんが今となってはもう手遅れの感じでした。ただ、将棋盤の前に座っているときだけが幸せでした。盤の前に座り、駒の動きを見つめている。そこには他に何も介入してくるものがないのです――

小池は次のアマ名人戦にも出場した。

決勝戦の相手は東大将棋部出身の理論派の小林純夫（昭和五十二年アマ名人）であった。相振り飛車の激戦となり中盤、小池に☗2五銀打のプロを唸らせた好手が出て、快勝。これで、小池は連続二期アマ名人位、獲得の栄光に輝いた。

再び新宿での祝賀会が続く。

小池が名実ともに日本一のアマ強豪であることを疑う者は誰もいなかった。

しかし、小池の破綻は極限の状態に近づいていた。

小池が「天狗茶屋」の売り上げ金を金庫からつかみ出し、借用証を入れて、女と共に逃げたのもこの頃であった。

――又、又、又、女に惚れてしまいました。浮気なつもりではないのです。いつも一生懸命でそのときは死んでもいいと思っていました――

『真剣師 小池重明』団鬼六　幻冬舎アウトロー文庫　1997年

その挙句《あげく》の果てが借金の証文となったのだが、どんな風に書いたのかは憶《おぼ》えてない。金高も憶えてない。

――草野心平「借金の証文」

終戦後二年目頃だったろうか『火の会』で京都に講演に行った。その時演壇に立った者のうち豊島与志雄、織田作之助の二人が死んでいる。だからというわけでもないが、なんとなく昔のような気がする。

講演会がすんでからも、私は京都に残っていた。みんなと一緒のときは柊屋に泊り、一人になってからは千切屋に泊っていた。そこへやってきたのが芝本善彦君だった。その芝本君が現われる前に、南京時代の友人である由上勝男君が大阪からやってきて、いいどぶろく屋を紹介してくれた。

芝本君がやってきたのは、戦後の「文学界」の再刊の下心からで、河上徹太郎が岩国へ帰るから、京都に途中下車してもらい、彼と相談して決めてはくれまいかということだった。

私は彼の言に従って車中の河上君に電報をうち、彼を京都駅に迎えた。何の意味かわからない彼は幾分おどろいた風だった。その頃、亀井勝一郎君が奈良の女高師で講演をしていた。その亀井君の宿泊先へ電話して、亀井君にもきてもらった。また山本健吉君が当時京都日日新聞の記者をしていたので彼にも来てもらうことにした。「文学界」には関係ないが、画描きの庫田君がこれまた京都に住んでいたので合流してもらった。そしてわれわれが行った先は、私が紹介されたばかりのどぶろく屋だった。どぶろく屋というと体裁は悪いが、本当はレッキとした料理屋なのだ。そこで「文学界」再刊の口火が切られたわけだった。

私にとっては随分思い出の深い店なのだが、何という名前だったろうか、どうしても考えつかない。ただ四条烏丸通り西入ルだったとはおぼえている。なにしろ、千切屋とそのどぶろく屋の往復であったが宿屋の二階から内庭へ、庫田、山本の両君が勢いのいいヘドを吐いたり、またどぶろく屋に舞いもどったり相当なてんやわんやだった。その挙句の果てが借金の証文となったのだが、どんな風に書いたのかは憶えてない。金高も憶えてない。

なんでも京都からきた人の噂では、その残ってる証文というのは、べら棒に大きな紙に大きな字で書いてある由。これは「旅の恥はかき捨て」どころではなく、旅の恥の書き残しみたいで、何れ京都へ行ったら真先にそこへ参上しようと思っている。ところで、その後だが、みんなが引き揚げたあとは、宿屋の払いが足りなくなった。芝本君は千切屋に残り、私は当時の世界文学社から汽車賃を借りて東京にもどった。そして芝本君も、東京からの電報為替でどうやら東京に帰ってきた。けれども証文だけは未だに残っている。

『雑雑雑雑』番町書房　1976年

借金の名人・田村隆一氏から、借金したことは、なんとなく大変名誉あることのように思えるのである。

――池田満寿夫

「池田満寿夫　ぼくから借金した唯一の男」(田村隆一)

鍵谷幸信氏(K大教授。西脇順三郎先生の愛弟子で、五十代でこの世をさる)に言わせると、私は詩人田村隆一から借金した、おそらく唯一の人物だろうと、ということだった。はたして唯一の人物であるか、どうかは解らない。しかし、そうでなくても、借金の名人・田村隆一氏から、借金したことは、それがたとえタクシー代の千円だったにしても、なんとなく大変名誉あることのように思えるのである。ある時、私は田村氏にその借金の返済を申し入れたことがあったが、彼は、池田に金を貸してあるという誇りを捨てたくないから、まだ返済しないでいいと言った。私は永久に田村隆一から借金しているという負目のため、会った時は、限りなくごちそうしてあげなければならないことをかくごせざるを得ない立場に追い込まれたのを自覚した。しかし、それは奇妙に嬉しい負目であった。

（中略）

それから私は西脇順三郎先生の家とか、加藤郁乎邸とか、土方巽の踊場とか、新宿のバーとかで、しばしば会った。その度にいつも、なにか強烈な印象を私の脳裏にきざみ込んだのだが、同時にいつも途中からコツ然といなくなってしまうのだった。どういう訳か、私は田村隆一の後姿を見たことがないのである。彼は常に私の正面にいて、それから不意に消えてしまうのであった。私にはコツ然と現われたり消えたりするこの詩人が、いったい人生を楽しんでいるのか、世界中の苦痛を一人でしょい込んでいるのか、さっぱり解らなかった。ただ彼の前にいると、いつも私の方が叱られているような気分にされ、恐るべき詩人の弁舌の悪魔に、吹きとばされそうになるのを、こらえていなければならなかった。田村隆一は人の心をかきまぜておいて、不意にいなくなってしまうのである。彼は決して後しまつをしない。おそらく詩に於ても同じなのではあるまいか。詩の気流を攪乱しておいて、我々が気が附いた時には、すでにそこにはいないのである。

（「攪乱する詩人」池田満寿夫『ユリイカ』昭和48年5月号）

ぼくがはじめて池田さんの仕事場にフラリと遊びに行ったのは、三十年前のことで、たぶん、新宿の酒場で飲んだあと、彼につれられて、自宅にまで押しかけたあげくのことだろう。

『田村隆一全集　6』長谷川郁男編集　河出書房新社　2011年

旦那のほうから、勝手に貸してくれた金でしょう。
それに、ふた月も三月《みつき》も前のゼニなんぞ、
今ごろあるわけないでしょう

――古今亭志ん生「震災前後」

女房を迎える

死にもの狂いの真打披露

うちのかかァが、あたしんとこへ来たてえことについて、よォく考えてみますと、あれは、あたしが三十三ぐらいのときでした。たしか、関東大震災（大正十二年）の、前の年でしたよ。十一月ごろでしたかね。

そのとき、あたしは馬きんてえ名前で、もう看板をあげていた。寄席で看板てえのは、

真打のことです。この看板をあげたのが、たしか、その前の年の九月でしたよ。これにつ
いちゃァ、バカな話がありますよ。
上野鈴本の大旦那てえかたは、昭和三十六年の六月に、八十一歳で大往生しましたが、
いい旦那でしたねえ。この大将が鈴本へ養子《ようし》に来て間もなくのころでしたよ。
あたしが、あそこの楽屋で、一席やっておりて来て、汗ェふいてると、
「お前さんも、わりあい、はなしがしかっかりして来たよ。どうだい、そろそろ、看板ん
あげたら……」
といってくれた。はなし家にとって、こんなうれしいこたァない。でも、真打になるて
えことは、金がかかるんですよ。
「ありがとうございます。でも、旦那ァ……」
と、そこまで返事したら、
「あァ、お金だろ、少しばかりなら、用立てしてあげるよ」
てんで、人の上に立つ人は違うね。万事、心得ェて、ゼニィ二百円、ポンと貸してくれ
た。震災前の二百円ですよ。いまどきの二百円とは、わけが違います。羽二重《はぶたえ》の着物に、
袴《はかま》、羽織まで一式《いっしき》出来て、半纏《はんてん》染めて、くばりものの手拭いだの扇子なんぞ、すっかり揃

えて、まだいくらかおつりが来るってえ金ですよ。なんのかんので披露《ひろう》にはこれくらいかかるんです。

「ありがてえッ！」

てんで、押しいただいて、すぐその足で、呉服屋へ行きゃァいいのに、そういうところへは行かないで、吉原に行っちまった。

震災で焼ける前に、吉原なんてえものは、そりゃァまァ、この世の天国でしたよ。天国へ、あたしはズーッと通いましたよ。

酒は呑む、バクチには手ェ出すてんで、三道楽が、いきなり派手になったから、たまりませんや。いつの間にやらスッテンテンになっちまった。着物なんぞ一枚もつくってないんだから、正直いって弱ったことにぞなりにけりってえ次第です。

そんなことァ知らないから、寄席のほうの準備はドンドン進む。出来るだけにぎやかにしようてんで、顔ぶれにも力瘤《ちからこぶ》を入れる。南部の芸者《げいしゃ》が七、八人来て、踊りィ踊ったり、講釈の芦洲先生もスケ（助演）に出てくれるてんで、大層な景気。初日からお客の入りも上々です。

「さァ、馬きんさん、そろそろ支度したほうがいいよ」

「支度は、もう、出来てます」

「冗談じゃァない、そのナリで、高座に出ようてえのかい」

「そうなんです。ほかに着るものがないんです」

「えッ、ない？　高座着ィつくったりするお金は、お前さんに貸してあげてるはずだよ」

「それが、使っちゃって、一文《いちもん》もないんです」

「なんだって？」

そのときの、旦那のおどろいた顔ったらなかったですよ。

「しょうがないじゃァないか」

「しょうがないたって、しょうがないですよ。第一、あたしから、ゼニィ貸してくれと頼んだわけじゃァない。旦那のほうから、勝手に貸してくれた金でしょう。それに、ふた月も三月《みつき》も前のゼニなんぞ、今ごろあるわけないでしょう」

随分と手前勝手な屁理屈《へりくつ》で、ほんとなら、横ッ面ァ三つ、四つひっぱたかれるのがオチなんですが、さすがに大きな寄席ェあずかる旦那だけのことはある。人間が出来てるんでしょう。ゲンコツなんぞふり回さないで、あたしのいうことをだまってきいている。

「しょうがないから、このまンま、高座ィ上がります。紋付、羽織、袴でなきゃァいけねえのなら、大神宮《だいじんぐう》のお札《ふだ》くばりなんか呼んで、高座に上げりゃァいいでしょう。あたしは、これでもはなし家なんだから、ナリを見せるんじゃァない。芸できかせりゃァいいでしょう」

大将、あきれけえって、木戸（入り口）のほうへ、スーッと行っちまった。あたしは、寝間着みてえなナリのまんま、高座ィ上がりましたよ。

理屈をならべた手前、満員の客をひとりでも立たした日にゃァ、こっちの負けです。大将に対したって、顔向けは出来ません。一生懸命……それこそ、あたしゃァ、ありったけの力でやりましたよ。

その時分はてえと、年ァ若ェし、人間もガムシャラで、人に負けるてえことが大きらいだから、ほんとうに死に物狂ぃでした。大きな人情ばなしで、あまり他人《ひと》のやらないのを、タップリ演《や》ったら、客アシーンとしてきいてくれる。途中で、立って帰る客なんぞ、誰もいない。ここで立たした日にゃァ、もう真打として落第《らくだい》です。

終わって、打ち出しの太鼓が鳴ったとき、あたしは、本当に腰が抜けるほど疲《つか》れたね。でも、「あんなきたねえ野郎を、高座に上げるな」なんてえ苦情も、別になく、実にどうも、ホッとしましたよ。

あくる晩も、客ァドンドン来てくれる。中には、「馬きんさん江」なんて、ご祝儀《しゅうぎ》をくるんでくれる客もあるから、ふところはだんだん暖《あった》かくなる。そいつをいいことに、毎晩酒ェ絶やさないから、結局着物のほうは、そのままなんです。

その後、大旦那には、いろいろ金ェかりたりして面倒かけました。なかなか、そのかりたものが返せねえんで、あやまりに行くと、

「なァに、芸人さんから、金ェもらおうたァ思わないよ」

てんで、貸したことなんぞ、すっかり忘れたような顔ォしている。実にどうも、神様のようなおひとでしたよ。

『びんぼう自慢』小島貞三編　ちくま文庫　2005年

二千五百万年経つと、また元々通りに還《かえ》って来るという事になっている。ところで物は相談だが、この勘定をそれまで掛《かけ》にしておいてはくれまいかね。

——薄田泣菫「天文学者」

サア・ロバアト・ボオルといえば、愛蘭《アイルランド》生れの名高い天文学者で、剣橋《ケンブリッジ》大学でその方の講座を受持っている先生だが、幾ら天文学者だからといって、木星から高い生活費を受取る訳にもいかないので、昼飯は精々手軽なところで済ませる事にきめている。

ある時、久振りに旧い友達が訪ねて来たので、天文学者は滅多に往きつけない土地一番の料理屋に連立って往った。そして初めから終いまで彗星の談話をしながら、肉汁《スウプ》を飲んだり、ビフテキを齧ったりした。すべて学者というものは、自分の専門の談話をしなければ、どんな料理を食べても、それを美味いと思う事の出来ないものなのだ。

料理が済むと、主婦は勘定書を持ち出した。天文学者はじっとその〆高を見ていたが、暫くすると望遠鏡を覗く折のように、変な眼つきをして主婦を見返った。

「主婦《おかみ》さん、僕はここでちょっと天文学の講釈をするがね。凡てこの世界にある物は、二千五百万年経つと、また元々通りに還《かえ》って来るという事になっている。してみると、僕も二千五百万年後には、やはり今のようにお前さんの店で午飯を食っているはずなのだ。ところで物は相談だが、この勘定をそれまで掛《かけ》にしておいてはくれまいかね。」

「ええ、ええ、よござんすとも。」と、主婦は愛想笑いをしながら言った。「忘れもしません。ちょうど今から二千五百万年以前にも、旦那は今日のように、手前どもの店でお午飯《ひる》を召し食って下さいましたが、その折のお勘定が唯今戴けますなら、今日のはこの次までお待ち致しましょう。」

天文学者は呆気に取られて、笑いながら銭入を取り出して勘定を払った。なるほど銭入を見ると、二千五百万年も前から持ち古して来たらしい、手垢のにじんだものであった。

『茶話』岩波文庫　1998年

何かにゆきづまるとそれを思い出し、御破算でいきたくなる。

――壺井栄「苦労の御破算《ごはさん》」

御破算という言葉をどうしてか私は昔からすきだ。大変気に入ってもいる。幼少時代からあんまり聞きなれてしまって御飯のような親しさになってしまったからかもしれない。しかし御飯といってもこれは赤の御飯だと思う。ついたちだ、赤の御飯でもたこうといった気持が御破算に通じる。昨日までの麦飯を忘れることで、明日からつづく麦飯がうまくなりそうな気になる。

私の六十年に近い人生の中での最初の御破算は小学校五年のころだった。借金で首が回らなくなった父母が、いっそのこと御破算でいこうやと、あっさり家屋敷を手離して借家住いになってしまった、その時だ。辛《つら》くて恥かしくて世間に顔むけもできない気がしたが、年月と共にそれがよかったと思うようになった。父母の所業を立派だったとはいえないかも知れぬが、捨て身の戦術とでもいうか、そういう血が私の中にも流れているらしく、何かにゆきづまるとそれを思い出し、御破算でいきたくなる。大変に新鮮で身も心も若がえるから不思議だ。御破算なんて昔の人は、うまいことをいったものだと今更ながら感心する。

御破算とならんで、もう一つ気に入った言葉に「飛ぶ」というのがある。言葉といってしまっては弱い。ある行動をさしての言葉なのだ。例えば、

「藤兵衛どんの栄さんがゆんべの船で飛んだといや」

という噂《うわさ》が立ったとする。藤兵衛どんの栄という娘が、何事か思いあまって無断家出をしたということなのだ。

「相手はだれじゃ」

「相手は増右衛門の繁治じゃそうな」

ということになると、増右衛門の息子の繁治と、藤兵衛の娘の栄の恋愛がまわりの反対にあい、仕方なく羽を生やして飛んだということになる。藤兵衛の娘の栄は三十三年前までの私だけれど、幸いに私はそんなふうにとばねばならぬようなめぐり合せには出合わな

かった。今思うと少々残念なほどだが、飛ぶ前に十露盤《そろばん》を投げ出して御破算にしてしまうようなことは度々《たびたび》あった。それをしらないものが自殺を考えたり心中をしたりするということにもなるらしい。私の同級生の中にも、家庭のいざこざを苦にして海へとびこんだり、夫婦で自殺をした友だちもある。なぜ「御破算」のできる十露盤をもたなかったかと、友のために口惜しく思う。「飛ぶ」ことは一種の御破算である。それが封建時代の歪《ゆが》んだ希望であったにしろ、人間にも羽を生やすことができるとは、うれしい限りではないか。義理や人情にがんじがらめにされて、それにたえられぬ者のたった一つの生きる道が羽を生やして飛ぶことだったとは。ひとりで飛ぶことのできないものは飛ばしてもらうこともあった。私の姉の一人なども飛ぶに飛べない羽交いじめの中で泣いていた嫁だったのが、あるとき母から、

「どうしてもいやなら、飛べ」とそそのかされて、目がさめたらしかった。

東京へ出てくると、田舎で考えていた御破算などは十露盤にものらないほどの複雑さだった。生活の目度も立たないまま結婚し、家を借りた私たちは、隣り同士で暮らしていた林芙美子さんの夜逃げぶりの堂々さに東京暮らしの中での身の構えようを教えられたように思う。何日も米のない生活、幾月も家賃の払えない暮らしの中で悄気《しょげ》かえっていた私

に林さんは同じような貧しさを夜逃げの形で御破算にして、羽を生やして飛んで見せてくれた。夜逃げとは生きる道であったのだ。私が甘っちょろく考えていたような、恋や愛の沙汰ではなかった。私が父母からならったものも甘っちょろけではなかったはずなのに、若気の至りでいつのまにか私は甘く考えていたらしい。私はさっそく林さんにならって昼逃げをした。家賃をためて追い出されたことも度々あった。そんなことに気弱くなれば、人生にさよならをするしかない。生きたければ先ず食わねばならなかったし、食うためには働かねばならなかった。裁縫、あみもの、筆耕の内職で食うや食わずの年月はずいぶん分ながかった。そんなとき、住居をかえることのよろこびは大きい。次の家にはどんなことが待っているか、その期待のためだけでも、住居をかえる必要があった。転々と十四回、ある年には三度も追い立てられて、いつも大八車を借りる引っこし屋と仲よしになったりしながら、十五回目の家へ移って、ようやく満足に家賃が払えるところまでこぎつけた。齢《よわい》五十にして家賃が払えるようになったとは、よくぞ貧乏の方でも見限りもせず根気よくついて回ってくれたものだ。

ところが、人間というものは妙な欲が出てくるらしく、家賃が払えるようになると、自分の家がほしくなった。あるとき夫は、半ば月賦で家を建てることを友人から聞いてきて、私にはかった。

「じょうだんじゃない。借金をどうして払うのよ！」

私はま正面から反対したのだがいつかしら夫唱婦随で賛成していた。

「払えなきゃ何もかもおっぽり出して御破算にすればいいのよ」

私がそういうと、夫は夫で、

「ないほど強いものはないからね」

といった。人間が五十になれば、もう引こし車の後先を引っぱったり押したりは大儀にもなったのかもしれない。

爾来《じらい》十七年、私たちは今の住居に根を下ろしてしまった。ちがった苦労もいろいろあったのだが、それを人は落ちついたという。自分でもそんな気になったりもする。ところが、そうなったらなったでやっぱり別の風も吹くし、時には地もゆれるのだからおもしろい。ただそれが目に見えないだけのことだ。時々私は飛んじゃおかなとむほん気をおこしてはそのことで慰まったりする。

余談になるが、年の暮れに野間賞のお祝いに一しょに出かけた畔柳二美さんが、地味だが新しい、しゃれた着物をきていた。みんなでほめると、彼女口をとがらして、

「あーら、これ、昔もってた訪問着の染めかえですよ」
といった。派手で着られなくなった訪問着を御破算にしたんだなと、ひそかに微笑する
私である。すっかり新しい着物になっていた訪問着、そんな具合に、もう一度この人生を
御破算でねがえないものかなあ。

『壺井栄全集　11』文泉堂出版　1998年

恩借の金子《きんす》は当地に於《おい》て正《まさ》に遣《つか》い果《はた》し候《そうろう》

――正岡子規「正岡子規」（夏目漱石）

正岡の食意地の張った話か。ハ、、、。そうだなあ。なんでも僕が松山に居た時分、子規は支那から帰って来て、僕のところへ遣《や》って来た。自分のうちへ行くのかと思ったら、自分のうちへも行かず親族のうちへも行かず、此処《ここ》に居るのだという。僕が承知もしないうちに、当人一人で極《き》めて居る。御承知の通り僕は上野の裏座敷を借りて居たので、二階と下、合せて四間あった。上野の人が頻《しき》りに止める。正岡さんは肺病だそうだから伝染するといけないおよしなさいと頻りにいう。僕も多少気味が悪かった。けれども断わらんでもいいと、かまわずに置く。僕は二階に居る、大将は下に居る。其《その》うち松山中の俳句を遣《や》る門下生が集まって来る。僕が学校から帰って見ると、毎日のように多勢来て居る。僕は本を読む事もどうすることも出来ん。尤《もっと》も当時はあまり本を読む方でも無かったが、兎《と》に角《かく》自分の時間というものが無いのだから、止むを得ず俳句を作った。其《それ》から大将は昼になると蒲焼《かばやき》を取り寄せて、御承知の通りぴちゃぴちゃと音をさせて食う。それも相談も無く自分で勝手に命じて勝手に食う。まだ他の御馳走《ごちそう》も取寄せて食ったようであったが、僕は蒲焼の事を一番よく覚えて居る。それから東京へ帰る時分に、君払って呉《く》れ玉《たま》えといって澄まして帰って行った。僕もこれには驚いた。其上まだ金を貸せという。何でも十円かそこら持って行ったと覚えている。それから帰りに奈良へ寄って其処《そこ》から手紙をよこして、恩借の金子《きんす》は当地に於《おい》て正に遣《つか》い果《はた》し候《そうろう》とか何とか書いていた。恐らく一晩で遣ってしまったものであろう。

『夏目漱石全集　第十巻』筑摩書房　1972年

文字を書いて金銭をもらおうとは思わないが、
文章を書いたときは、
たとえ百円でも取りたてるつもりでいる。

――山口瞳「リカ王」


リカ王という渾名《あだな》の人がいた。

どういうひとかというと、麻雀《マージャン》をやって負けても決して支払いをしないのである。

一声涼しく、

「リカ!」

と叫んでそれでおしまいである。

そのひとは、勝てば、お金を持ってゆく。だから嫌われる。それなら仲間にいれなければいいようなものであるが、麻雀というやつは四人集まらないとやれないから、そいつも呼ばれることになる。また、彼は決して自分からすすんで麻雀をやろうとは言わない。いつでも、いやいや誘われたという態度をとる。そこに、こっちの弱味もある。

彼の麻雀の打ち方は、放銃しないという戦法である。ツイてくると嵩《かさ》にかかってくる。実にどうも厭《いや》な奴《やつ》である。しかし、この戦法は、かなり正しい。強力なというか、基本的な戦法といわなければならない。そこに麻雀というゲームのいやらしさがある。

しからば、リカ王は連戦連勝であったかというと、そうではない。もし彼が常勝将軍であったならリカ王なんていう不名誉な渾名をつけられないですんだのである。彼は負けが混《こ》んだのである。

リカ王を負かすにはどうしたらいいか。彼をやっつけても収入にならないけれども、勝てば持っていってしまうのだから負かさないわけにはいかない。

リカ王の戦法は強力であるが、負かすのは簡単である。麻雀は相手の心理や性格を読むゲームだから、リカ王のように性格がはっきりしてしまうと、これだけで負けたも同然ということになる。

彼は小心翼々の人である。固い一方の人である。従って、こちらは、安全牌《パイ》と思われるような牌で待てばよい。四枚目のオタカゼのタンキ待ちというような手で二度ばかりひっかければ、むこうは参ってしまう。ペースがくずれてしまう。本質は欲ばりなのだから、ペースがくずれると、つまらない手でむかってくるようになる。こうなれば自然に勝てるようになる。

彼は、頭なんかはキチンとわけている。眼鏡をかけている。洋服も見苦しくないものを着ている。行儀もわるくない。一時流行した「一見宮様ふう」といったような男である。つまり、彼は、生活のやり方が慎重であり、綿密である。よく考えている。賭麻雀《かけ》で負けた金なんか、本来、支払わなくていいのだと考えているようだ。そのかわり、勝って、相手が支払ってくれるなら貰《もら》ってもよいと考えるのだろう。

これは戦前の話である。

私は、彼のことがそれほど気になっていたわけではない。麻雀に関しては、それほど厭な奴と思っていたわけではない。要するに、お客さんであって、敵ではなかった。こざっぱりしたナリをしていて行儀がいいだけでも助かる。しかし、厭だと思うのは、たとえば紅茶をだしたりすると、実にうまそうに、ゆっくりと啜《すす》って、

「ああ、うまかった。うまい紅茶だなあ。もう一杯いただけないでしょうか」

なんて言うのが厭だった。

いまの若い人には見当がつかないだろうが、当時、砂糖は貴重品だった。そんなことは

どうでもいいとしても、他人の家に呼ばれて紅茶のお代りをするという神経が厭だった。ポットで出る場合は別として、それだけ女中が余計にはたらかなくてはいけない。私が、うまそうに食べものを食べて、ああうまかったなんて言う人を信用しないようになったのはリカ王のせいであるかもしれない。私は、うまいものの話をしたがる人は、いまでも好きになれない。どうも、食通と悋嗇漢《りんしょくかん》とはどこかで結びついているように思われるのである。

借りをひっくりかえしてリカという。それと、シェークスピアのリヤ王とを結びつけてリカ王ができた。同じように、出しっぷりのわるい奴に、カリガリ博士という渾名をつけた。

戦前から戦後にかけて、私は所帯バクチを打っていたから、リカ王やカリガリ博士は困る存在だった。貸したからといって、おおっぴらに取りたてられる金ではなかった。それほどではなくても、ギャンブルにおける金銭というものに理解がない人も困る。育ちがよすぎて鷹揚《おうよう》な人も始末がわるい。私が麻雀から遠ざかったのは、ひとつはこのせいである。ギャンブルなら、寺銭（税金）が高くて率がわるいけれど政府公認の競馬へ行ってしまう。徹夜にならないのもよい。

似たようなことで、プロに対する理解のない人も困る。私のことで言うと、文字を書いて金銭をもらおうとは思わないが、文章を書いたときは、たとえ百円でも取りたてるつもりでいる。菓子一折とか酒一升とかを謝礼にくれるという条件の雑誌には書かないつもりでいる。なぜならば、私はそれで生活しているのだから……。

私がプロであるかアマであるかという判定には別の基準があるだろうが、プロを志していることに違いはない。だから、タダ原稿は特殊な場合を除いて、書いたことがない。それでいいと思っている。将棋でいえば、奨励会の一級とか初段という人はプロのタマゴである。こういう人に将棋を指してもらうときは、車代と授業料を支払わねばならぬ。

酒一升とひきかえに原稿を書こうとは思わない。酒一升で大工や左官を雇えぬのと同じことである。

菓子一折や酒一升でプロに仕事をさせるのも、一種のリカ王であり、カリガリ博士なのではあるまいか。

＊

私にとって、わけのわからないことのひとつは、近頃の三十代の人が、自分たちより若い人たちと一緒に酒を飲まないということである。

私には、好きな先生がいて、毎日、先生と酒を飲みたいと思っていた。会いたくて仕方がなかった。会えば酒になり、長くなり、夜中になり、夜明けに及ぶことがあった。それで先生に迷惑をかけた。しかし、それは二十五歳までのことだった。そのとき先生は三十代の半ばであった。

私も三十歳になってからは、会社の若い同僚や、若い友人たちと酒を飲むようにつとめた。つまり、奢《おご》ったのである。自分もそうされたのだから、そうするのが役目だと思っていた。

しかし、その若い人たちが、三十歳になり三十五歳になっても、いっこうに、新入社員や若手の社員と酒を飲もうとしない。これが不思議である。

こういうことも一種の世相であり風潮であろうとは思うが、私には、リカ王的現象であるように思われてならぬ。借りたものを返さないからである。

＊

ところで、リカ王やカリガリ博士がその後どうなったか。

彼等は出世もしないし、金を溜《た》めたという話もきかないし、めざましい仕事をしたという噂《うわさ》も伝わってこない。

あれだけ慎重で綿密で、考え深くて、猾《ずる》いところのあった男が、結局は駄目になった。私から見て、尊敬できる仕事をしているのは、むしろ、払いっぷりのいいほうの男である。彼等は内心において我慢するところがあったのだろう。それが彼を男にしたように思われる。

勝負事や、その支払いの仕方において慎重であり綿密であるような男は、そっちのほうに神経が片寄ってしまって、勝負にも負けるし、カンジンな仕事も駄目になるように思われてならない。

『「男性自身」傑作選　中年編』新潮文庫　２００３年

4章　開きなおる

二三日して来て呉《く》れ給《たま》へ。タンスでも売り飛ばしたら、一ケ月分位《くらい》は払へるだらうから。

――葉山嘉樹「集金人教育」

電燈代、ガス代の滞る事は、もつともいやな事の一つだ。ガス会社の集金人が来て、うるさくいやがらせをいふので、私は出て行つていつてやつた。

「君は、君の宅で、電燈会社から催促された事は無いかい。そんなら電燈を止めますよつて、あつさりいはれたら、君はしやくに障らないかい。そんな目には会はないってのなら、君は結構なお身分さ。考へても見給へ。ガスや電気はどこの店先へでも並べて売ってるもんぢや無いんだよ。弱味につけ込むやうなもののいひ方をしなくつたっていいぢやないか。それや、君が歩合や集金成績やで、君の収入も率が良くなる事は、僕の方でだって十分知つてるさ。だが、君は、君自身がしぼられてるつて事だつてちつたあ覚《さと》つた方がいいぜ。さうすれや、さうむきになつていがまなくたつて済むんだからね。君あ、ガス会社の社長でも重役でも無いんだらうからなあ。そいつ等の代りに一軒一軒、君はにくまれに歩いてるんだつて位、大抵分りさうなもんぢや無いかなあ。払ひますよ。きつと払ふがも少し待つて呉れ給へ」

電燈会社の集金人には、私はかういつた。

「君はもちろん、僕の家を暗黒にする事が出来る。君は外線を切つて行くさ。そのために家の中が真つ暗になる。だが、それで君の気持が明るくなるだらうか。却つて暗くなるだらうよ。社長だの株主だのつてのが、僕たち無産者をお互にかみ合はせて、暗い気持にさせといて、自分たちだけ明るくならうつてのさ。僕は二万五千キロの水力発電所を岩ばんから屋上のコンクリートまで仕上げた事があつたよ。だが、今ぢや御覧の通り、電気に縁が無くならうとしてる。ね君。無産階級つてもなあ、あつけねえものさ。そいつあ何でも創りだす、拵らへあげる。だが、そいつあ仕上つたが最後、飛んでもねえ遠方へケシ飛んじまつて、一度に縁が切れてしまふさ。君だつて考へても見給へ、うの鳥見たいなものぢやないか。カバンの中へガチャ〱金を集めて、出張所へ帰る。会計へ納入する。君のカバンは空になる。その金の集まつたのがどうなるなんて事あ、君の知つたこつちや無いのさ。金の手触りだけが君のまうけ物だつてつたら、君は憤るかい。世の中つて変なものさ。二三日して来て呉《く》れ給《たま》へ。タンスでも売り飛ばしたら、一ケ月分位《くらい》は払へるだらうから」

その他、大家、酒屋、米屋、炭屋等々に対しても「言訳」といふものが必要である。だが、それも遂には「言訳」よりも「現ナマ」が必要になつてくる。だが現ナマは、地下足袋でセメントだらけになつて、労働者が作りあげた、金融ブルジョアの大金庫の中へ幽閉されてゐるのだ。

『葉山嘉樹全集　第五巻』筑摩書房　1976年

総じて借金というものは、甚《はなは》だ詩境に通じているもののようである。

――坂口安吾「詩境と借金」

京都伏見の計理士の二階に住んでいた何ヶ月というもの毎月の月末になると是非もなく他人の借金の言訳をしなければならないハメになった。そのとき私は他人の借金の言訳というものは楽なものだということをつくづく味わったのである。

全然自分に関係がなく気の咎めるところがないから、唱歌をうたうように気も軽く述べたてることができる。

「どうも相すみません」

なぞと、頼まれたわけでもないのに、自然に声がでて、自然に頭がペコペコさがるから、万事が立板に水である。それを卑屈だと思うような考えは起らない。むしろ名優が演技をたのしむ心境と申してよろしいほどオーヨーである。

「春さきとは申しながら、まだ山風が吹きすさんで寒気身にしみる折から、遠路おでかけで、まことに大変なことですな。あいにくなことで」

などと、ふだんの私なら思いつくはずもない美辞麗句がおのずからに湧きおこる。これを詩境というのかも知れない。

自分の借金の言訳はとてもこう快適にできるものではない。第一、私がおのずから借金の言訳をしてやるハメになったアルジは計理士なのである。

計理士と申せば、人の税金を計理して税務署と交渉談合する役目で、これこそ他人の借金の言訳業のようなものではないか。つまり本職も自分の借金の言訳はできないのである。私はその本職の借金を言訳してやった。

どんな執念深い債鬼が押し寄せても人の借金の言訳ならなんでもないものだ。むしろ敵が執念深いほどハリアイがあるぐらいタノシミもでてくるもので、

「なんだい、今の奴は。やにアッサリ帰っちまいやがったな」

なぞと物足りない気持になる。敵が債鬼然とした風貌をしていると、さてこそ来たれとおのずから私の身構えも変り、とたんにイソイソと、

「やア、いらっしゃい。本日はお寒い陽気で、都大路を山風が吹き走り」

とニコニコしながらモミ手をして出むかえるような心境になるものだ。

同じ他人の借金でも、取立ての方は決してできるものではない。取立てるということは積極的な事実であるが、言訳の方はもともとゼロで、こっちも元々手ブラであるし先方も手ブラで帰るだけのことだから、そこにおのずから詩境も生じてくるのであろう。

総じて借金というものは、無を本質とするせいか、あるいは時々無から有が生じる奇跡もあるせいか、甚《はなは》だ詩境に通じているもののようである。詩境を会得しないと借金の哀れさが救えないせいもあるかも知れない。

私もずいぶん人に借金をしたが、敵ながらアッパレな奴だと思ったのは私の義兄に当る山中の造り酒屋のアルジで、私の借金の申込みに対して巻紙にしたためた長文の返事をくれたが、近ごろ山中も雪が消えてホトトギスのなく気候になったなぞ書き起し、全文風景の描写ばかりで借金のことには一字もふれていない返事であった。

『坂口安吾全集　13』筑摩書房　1999年

成功した奴から金を借りるといふことは、当然の分け前を取つてゐるに過ぎないのだ。

――室生犀星「借金の神秘」

「近藤さんからは今までにあなたは厭《いや》といふほど、お金を引き出してゐるくせに、くるまの通過を待ち構へてまで未だお金を借りようとなさるのは、意気地がなさ過ぎるではありませんか。」
「いや彼奴の物が売れ、おれの物が売れないといふ僅《わず》かな一線は、文学にあつては売れない側のおれから、その何枚分かを借りるといふことは当り前の事なんだ。幾《いく》らでも売れてゐることは度々《たびたび》おれがいふやうに、おれが書かない分の原稿料も彼奴の原稿にいつも加算されてもいい訣《わけ》だ、だから、近藤康人はおれを気違ひにして見たり、考へ違ひの天才の嘲笑を浴びせたりして、原稿料をかせいでゐるのだ、その中におれの書かない分の金のあることは近藤だって判ってゐるから、煩《うる》さい金借りに応じてゐる訣なんだ、原稿料といふあやふやな神秘と卑俗の分け前の世界は、時に作家それ自身の所有でない場合もないとは言へない、つまり作家といふ奴は昨日の寂寥に絶え間なく面責してゐる苦しい良心のある紳士だし、売れないで窮《こま》つてゐたことを眼にちらつかせてゐるからこそ、今日の仕事にぎつちりと叩きこめるのだ、近藤康人はくるまから降りて有金を置いてゆくことは、近藤自身が食へなかつたむかしの日を訪ねてゐるに均《ひと》しい、おれは強盗でも乞食でもない、おれは或《ある》ひは遂に売れなかつた一作家のなれの果《はて》だと言つていいのだらう、そのなれの果が、成功した奴から金を借りるといふことは、近藤から当然の分け前を取つてゐるに過ぎないのだ。」

『室生犀星全集　第11巻』新潮社　1965年

五万フランはたれの手にも渡らなかつたが、みんなの借金はこれでなくなつてしまつた。

――河盛好蔵「借金」

こんな話がある。南仏のある有名な避寒地のホテルに一人の貴婦人があらわれて、一日一万フランの部屋をかしてくれと言つて支配人に即金で五万フラン払つた。支配人は悦《よろこ》んでその婦人を部屋に案内しようとする途中で料理人に出会つた。この男は支配人に五万フランの貸しがあるのですぐその金を彼からまき上げた。そこへ酒場の主任が来合わせて、この男は料理人に同じく五万フランの貸しがあるので早速《さつそく》料理人からその金を返してもらつた。すると、そこへボーイ長が現われて、彼は酒場の主任にやつぱり五万フランの貸しがあるので、これ幸とばかりに、その五万フランを取り上げた。ところがこのボーイ長はさつきの支配人に五万フランの借りがあるので、その金はふたたび支配人の手にもどつた。しかし部屋を見たさつきの貴婦人は、どうも部屋が気に入らないからといつて五万フランを返してくれと云う。その結果五万フランはたれの手にも渡らなかつたが、みんなの借金はこれでなくなつてしまつた。借金などというものはこんなふうにして片づくものである。気に病むことはないらしい。

『現代日本評論選　第5巻』「耳袋」　1953年

死ぬまでにまた幾度となく、
更《さら》に死んでからも
引き合いに出されることだろう。

——辻潤「ふもれすく」

野枝さんや大杉君の死について僕はなんにもいいたくない——あの日に僕のK町の家を尋ねてくれたそうだが、それはK町に大杉君の弟さんがいたから、そのついでによったのでもあろう。

野枝さんは殺される少し以前に、アルスから出た大杉君と共訳のファーブルの自然科学をまこと君に送ってくれた。それが野枝さんのまこと君に対する最後の贈り物で、形見になったわけだ。

僕はこの数年、つまり野枝さんとわかれてから、まったく、わかれてからというよりは解放されてからといった方が適切かも知れない——御存知のようなボヘエムになってしまった。心機一転して僕自身にかえり、僕は気儘《きまま》に生きてきた。しかし事ある毎《ごと》にいつも引き合いに出されるのは借金がいつまでたっても抜けきれない感がある。恐らく死ぬまでまた幾度となく、更《さら》に死んでからも引き合いに出されることだろう。無法庵はこないだもまた十八番の因縁をもって法とするとエラそうなことをいって訣別の辞を残したが、まったく因縁ずくというものはどうも致仕方がない。――あきらめるより致仕方《いたしかた》はない。

僕はおふくろとまこと君とを弟や妹とに託して、殆《ほとん》ど家を外にして漂泊して歩いていまでもいる。現に四国港に流れついて、またこれからどこへ行ってやろうなどと現に考えている――だから僕の留守に度々《たびたび》野枝さんはまこと君に遇《あ》いにきたそうだ。しかも下谷にいる時などは僕と同棲中僕のおふくろから少しばかり習い覚えた三絃をお供つきで復習にきたなどという珍談もある。僕のおふくろでも弟でも妹でもみんな野枝さんが好きなようだった。ただまこと君だけはあまり野枝さんを好いてはいなかったようだ。

『辻潤全集　第一巻』五月書房　1982年

役にたつかどうかもわからぬ資料の入手のため、たえず破産寸前に追いこまれる。

── 草森紳一「世にいう「生活」などとは、とっくに無縁となっている」

やたらと本が増殖するようになったのは、「資料もの」をやるようになったからだとさきに述べたが、他にも理由があって、「読書人」でなくなったからである。物書きは、学者もふくめて、「読書人」といえない。

むかし、まだ「読書人」であったころ、けっして本を踏んだり、またいだりしたことはなかった。ところが床積みするようになってから、おそれ多し、と思ってなどいられなくなった。床に転っている本なども、ボンボン足で蹴っとばすようになった。はじめのうちは、(ウッカリと)蹴ってしまったり、(エイッと声を出して)股《また》いだり、(スマンと小声で)踏んづけたりしていたのだが、そのうちそんな殊勝なこと言っていられなくなり、邪魔だ、そこをどけーと本気で蹴りあげたりするようになった。そのたび本は、痛そうな顔をするから困る。そのうち、蹴られて嬉しそうな表情をするようにもなるから、やりきれない。

この狼藉《ろうぜき》三昧への罰であるかのように、とめどなく本が異常繁殖しだした。蔵書狂の人は別とし、読書が趣味なら、こうまで増えない。「物書き」として、たしかに朝から晩まで、本を読んでいるものの、あくまでなにを書くべきかのイメージ資料として読んでいるのであって、読書人（趣味人）をやっていられなくなった結果の惨鼻《さんび》なのである。他の職業が別にあっての趣味の読書生活は、とうに破綻している。

資料調べは、それ自体が、書くこと以上に楽しい。が、しばしば役に立つかどうかもわからぬ資料の入手のため、たえず破産寸前に追いこまれる。ひとたび「歴史」という虚構の大海に棹をいれると（三十前後から、そうなった）、収入の七割がたは、本代に消える。異常に過ぎる。いっこうに古本屋の借金は、減らない。「資料もの」をやりだした罰である。

『随筆 本が崩れる』中公文庫　２０１８年

黙って聞いてりゃ貧乏貧乏って、
貧乏なんざいいかげんによしたらどうだ。

——十代目・桂文治「掛取り」

八公　へい！　いらっしゃい！

大家　おや？　なんだ、おまえんとこは、今年の暮れは工面がいいな？

八公　それがあんまりよくねえんですよ。ええ。「貧乏の棒も次第に太くなり、振り回されぬ年の暮れかな」

大家　おまえなにかい、狂歌をやるのか？

八公　へえ、今日か明日かってんで。

大家　まだあるか？

八公　「貧乏をすれば悔しき裾わたの、下から出ても人に踏まれる」

大家　狂歌をやろうてんなら「悔しき」なんてことを言っちゃいけない。もっと景気よくやんな。
八公　じゃ、こんなのはどうでしょう。「貧乏をしても下谷の長者町、上野の鐘のうなるねを聞く」
大家　そうこなくっちゃいけないな。まだあるか？
八公　「貧乏をしてもこの家に風情あり、質の流れに借金の山」
大家　なぁるほどな、貧乏で山水ができたな。まだあるか？
八公　えー「貧乏……」
大家　おい、ちょっと待て、さっきから黙って聞いてりゃ貧乏貧乏って、貧乏なんざいいかげんによしたらどうだ。
八公　へえ、よしたいんですが、このぶんじゃ二、三年続くでしょう。

CD『落語名人寄席　桂文治』ARC

〈註〉落語「掛取り」の一場面。掛取りとは一年ぶんの「掛（ツケ）」を回収にくる借金取りのこと。大晦日に続々訪れる掛取りを、彼らの「好物」を利用して撃退する噺である。

作家は、女房の実家の財産を食うくらいじゃないと、本物とは言えないんだよ。

――色川武大「宿六・色川武大」(色川孝子)

連載していた『狂人日記』も終わり、多少、小説やエッセイは書いてはいたものの、金銭的に見通しが立たなくなってきました。大京町のころ手伝ってくださった彦太君は専門学校に専念したいとのこと。成城では五十歳すぎの男性の秘書がおり、その方への給料、毎月四十万円の家賃、広い家だけにガス、水道、電気代、生活費、色川の交際費やバクチ代、にっちもさっちもいかなくなってしまっていたのでした。

「阿佐田哲也君をやれば、なんとか生活はしのげるが、これからは純文学一本にしぼっていこうと思う。オレにはもう時間がないんだ。今度こそは金になる長編にかからなくては。それには、家賃のかからない田舎へ引越すしかないんだ。君もたいへんだろうが、我慢してくれ」

いずれにせよ、経済的にゆきづまってしまったのです。遠からずこうなることは予測はしていたものの、しかし、矛盾もしているのでした。成城でも引き続き、自分の趣味に関しては浪費していたのです。

心機一転、最後の長編にかけている色川をなんとか援助したい。かと言って、他人からお金を借りたことなど一度もなく、やはり、行き着くところは、私の両親。土下座するしか方法がなかったのでした。

しかし、過去にそうとうな額を借りて返していないのです。「いい加減にしなさい」と断られてしまいました。老いた両親にこれ以上負担をかけるなんて、あまりにも酷《こく》というもの。私自身にも、甘ったれるのもいい加減にしろという気持ちもあったのです。

「そういえば、あの那須の土地、君の名義になっているんだろう」

「そうよ。それがどうしたの」

「どうせどこへ行こうとも、家賃を払わなくてはならないのだから、その土地に家を建てればいいじゃないか」

栃木県の那須に、私の父が私のために買った土地があったことを、色川は覚えていたのです。彼の死後、新潮社から出版された『引越貧乏』のなかでは、まるで私が家を欲しがっているかのような書き方をしていますが、彼のほうこそ、どこかに定着できる家を欲しかったのに違いありません。

私の姉夫婦には、「家がほしいんだが、金がないし、どうやったら家が手に入るんだろうか」と死ぬ四カ月ほど前に、真剣に話していたようです。私は、さっそく父に、「武ちゃんが、那須だったら無理してでも家を持ちたいと思っているみたいなの。どうしたらいいかしら」

「相談に乗るから、二人でいらっしゃい」

色川は私の両親が煙たいせいもあり、めったに会おうとすることはないのですが、このときは手まわしよく自らタクシーを呼び、私の両親のところへと足を運んだのです。

「作家は、女房の実家の財産を食うくらいじゃないと、本物とは言えないんだよ」


『宿六・色川武大』色川孝子　文春文庫　1993年

あなた方、ここでいくら僕を責めたって、僕からは一銭も出ませんよ。

――尾上菊五郎「借金」

僕は数万円という借金を背負ったことがありますよ。今ならそれっぱかりと、苦にならない人もありましょうが、僕のは震災直後のことですから大変な金です。しかし僕は金に捉われることが嫌いだったので、貧乏負けはしなかった。

その話というのは、震災後の市村座を再建するために僕が森格さんや、田村さんなどと六人で市村座の株主になったわけです。ところが経営不振でだんだん借金が殖える。その内に外の株主が次ぎつぎに死んでしまったので市村座もつぶれて、残ったのは僕一人でした。そこでとうとう一人で市村座の借金を背負うことになったんです。

その当時の金で、数万ですからね。僕は当時一万円はおろか、とても人にかえす金などある訳がないので到頭《とうとう》訴えられてしまつて、裁判所から出頭すべし、という呼出状が来ましたよ。貸した方の人という七人ばかりが来ていましたが、僕はちつとも顔を知らない、僕が借りに行つたんじやあないからね。

何んとかいう検事が僕に向つて、

「返すのか、返さないのか？」

と言つたから、

「検事さん、とにかくこの人達と一ぺん話させて下さい」

といつたら許してくれて、

「あなた方、ここでいくら僕を責めたつて、僕からは一銭も出ませんよ。それよりみなさん、僕に芝居をさせたらどうですか、芝居をするには金がなけりやあ出来ないから、あなた方が太夫元になつて、僕は食うだけでいいから、外の役者たちを集める金を出して貰いたい。そして芝居をやつて儲けた金をあなた方がとればいいではないですか」

といつたら、検事が、

「立派な話だ、これは無期延期にして、何時までも払わなくてよろしい」

というのです。おやつと思つたですね。

「儲かつたら取ればよい、それより菊五郎の立場はなかろう」ということに落着きましてね、それから、芝居をやりながら皆んな返しましたが、借金は辛いもんです。役者で太夫元の借金まで背負いこんだのはまあ、僕ぐらいなもんでしょうね。

『おどり』時代社　1948年

つまり、私に依然として借金が無くならないからなのである。

——佐多稲子「借金の感じ」

私は気が小さいからというわけでもないとおもうが、借金に対しては、感じが敏感な方だと思っている。借りたお金を忘れることは大抵ない。親しい友人に細かく度々借りて、その末に借りたお金の額を忘れてしまうことはあるが、借りた事実を忘れることはまあ無い。そして、この細かく度々《たびたび》借りて、しまいに金額が分らなくなった場合などは、たいていの場合、私は実際よりも多く予想している。自分の記憶よりも、借りたお金の方が多かったということはあまりないのだ。

けれども、借金に対して敏感であるということと、永引かせないで返してしまう、ということとが同じではない、ということは、借金に対して敏感な私にとっては一層辛いことである。これは大仰に言えば現実の苛酷さが私の希望を蹂躙している結果なのである。
借金に対してこんなに敏感なのは、然《しか》し私が律儀者だからというだけのことではない。律儀者の部分も勿論無いとはおもわれないけれど、これはそれよりも私の子供の頃の生活感情が引続いているものなのである。下町の勤労者たちの間で、私は、一銭の借りもないがしろにしない習慣をおぼえた。ないがしろにしない習慣は、皮肉にも私の場合、ただ借金をしている者の責任感として残っている。つまり、私に依然として借金が無くならないからなのである。

『佐多稲子全集　第十六巻』　１９７９年

金がきたら　金がきたら　ボクは借金を
はらわねばならない　すると　又《また》　なにもかも
なくなる　そしたら又借金をしよう

――竹内浩三「金がきたら」

金がきたら
ゲタを買おう
そう人のゲタばかり　かりてはいられまい
金がきたら
花ビンを買おう
部屋のソウジもして　気持よくしよう

金がきたら
ヤカンを買おう
いくらお茶があっても　水茶はこまる

金がきたら
パスを買おう
すこし高いが　買わぬわけにもいくまい

金がきたら
レコード入れを買おう
いつ踏んで　わってしまうかわからない

金がきたら
金がきたら
ボクは借金をはらわねばならない

すると　又　なにもかもなくなる
そしたら又借金をしよう
そして　本や　映画や　うどんや　スシや　バットに使おう
金は天下のまわりもんじゃ
本がふえたから　もう一つ本箱を買おうか

『定本　竹内浩三全集　戦死やあはれ』藤原書店　２０１２年

前借が社内で一番なんていうのは、まず人間として相当にいい奴だと思ってまちがいがない。

――山口瞳「借金もまた財産なり」

それから、私も、どんどん前借をすることをすすめる。

極端なことをいうと、私たちは明日死んでしまうのかもしれない。できるだけ金をつかって生活を楽しむべきである。前借は違法であるかもしれないが、もともと給料が不当に安いのである。

もし、文学の好きな人であるならば、たとえば、いま刊行中の『井伏鱒二全集』を絶対に買うべきである。一冊が千三百円。生活費のためにこれを買わないでいるというのは全く馬鹿げている。借金して買うべきである。

こういう種類の前借は、むろん自分のためであり、会社のためである。こういう金は必ず自分にもどってくる、と考えてよい。

三十五歳まで借金をつづけて、自分に投資すべきである。これがもっとも有利な投資である。

私の友人のなかで、いい奴で、会社でも枢要なポストにいるという人間は、きまって前借が多い。

前借が社内で一番なんていうのは、まず人間として相当にいい奴だと思ってまちがいがない。


（編者・中略）


それから、もう貧乏はしないだろうという妙な自信がある。

現状でいうと、毎月、十万円から十五万円ぐらいを借金の返済にあてて、これがあと二年間は続く予定だし、入院している父に附添の人の給料をふくめて二十万円かかるから、まともに考えれば、ひどい貧乏ということになるかもしれないし、従って借金のほうがふえる一方だけれど、これは貧乏ではないと思いこむことにしている。

なぜならば、生活費以外に毎月三十五万円をかせげるようになれば、それは私にある種の力がついたということになるからだと考えている。

こういう借金でもなければ、怠け者の私は原稿用紙を文字で埋めるという難行苦行をやめてしまうだろう。借金があるから、そいつに追いたてられてやむをえず力がつく、というように考えることにしている。

かりに、西鉄ライオンズの中西太の給料が三万円だとすれば、彼は奮起して全試合に出場して去年もホームラン王になっただろうと思われる。

これは比較にならない話であろうけれど、そう考えれば貧乏は怖くない。

借金が財産であるということは、ずいぶんキザったらしい言い方ではあるが、現実としてそういうことはあるのだと思っている。要するに毎日が楽しければよいのだ。

金もなく仕事もないときはどうするか。

はじめに書いた高名な小説家はこう言った。

「山口クン、朝早く起きて町内の道を掃除しなさい。これを半月やれば誰かが仕事をくれますよ、かならず……だから、どんどん借金しなさいよ」

私もそう思いこむことにしている。これなら安心である。

『新入社員諸君！』角川文庫　１９７３年

その借金の額を、風呂場の壁に書いたこともある。障子に書いたこともある。

――青山二郎「青山二郎の話」（宇野千代）

墨が摺ってある。絵具皿の上に、二三色の絵具が溶いてある。細長い和紙が広げてあって、その真ん中に一本線が引いてあり、何か面白い配置のものが描いてある、絵のようなものが描いてある。「何を描いているんだい、」と永井さんが訊くと、例の顔をして、「借金表を書いているんだよ。」と言ったとのことである。よく見ると、字も書いてあるが、何か、本の装幀でもしているような図柄である。いまになって考えると、このとき見たあの借金表が、あの数多い青山さんの本の装幀の、第一号ではなかったかと思われる。永井さんは笑いながら、そう言う話をしてくれた。

この話でも分るように、青山さんは借金表を書くことが好きである。金のあるときもないときも、青山さんは借金をする癖があった。おかしなことであるが、青山さんにはそのとき、自分の持っている金で、どれだけのことをするのがちょうど好いか、それを考える習慣がなかったからである。それだのに、或いはそれだから、その借金の額を、絶えず何かに書き記しておきたかった。風呂場の壁に書いたこともある。障子に書いたこともある。「あれは青山の良心ですよ」と、いつか石原さんが言ったことがあったが、青山さんには、執念深い、と言う形容が当っているほど、金銭の貸借には決着をつけておきたい、と言う願望があった。ひょっとしたら青山さんには、金銭の貸借ほど簡単明瞭に、善悪のけじめをつける標準になるものはない、と思われたのではなかったか。

しかし、青山さんの借金表には、勿論借金表であるから、いつでも、誰々に幾ら幾ら借りがある、と借りの方ばかり明細に書き列ねてある。一つくらい、誰々には幾ら幾ら貸しがある、と貸しの方も書いてありそうなものだのに、貸しはなくて借りの方ばかりがあったのか、或いは貸しもあったのに、それをとり立てて書くほどの気はなかったのか。青山さんにとっては、そのことは問題ではなかったのか。面白いことである。

『青山二郎の話』宇野千代　中公文庫　2004年改版

あとまだ借金してゐる処《ところ》があるが許して戴《いただ》けると思ふ。

――武者小路実篤「遺言状」

今回は自分の死後の財産のことだけかいておきたい。僕には今の処《ところ》財産らしいものはないが、もしあれば全部安子にまかせる。安子がそれを適当に子供達にわけること。本なぞ、新しき村に一部寄附してもらへるといゝが　どんな本がいゝかは誰かと相談してほしい。どうせ碌《ろく》な本はない、新しき村にある本は村に寄付する。

それから印税、芝居の上演料、その他すべての収入も安子に任せる。但《ただ》し収入が三百円を越した場合は一割を新しき村に寄附すること。（三百円だつたら三十円十銭を）その一割の内の二分は新しき村東京支部の自由に任《まか》せる。

僕の家は三人の女の子を他家にやる場合はつぶしてくれて差支えない。子供のことは万事任せる。この遺言状には生て帰るつもりだから他のことはかく気がしない。

昭和十一年五月二日

武者小路実篤㊞

それから志賀に二千円、ウテナの紙屋に五百円の借金がある。志賀の方は五年賦で返すやうにし、ウテナは室内社の西田君に相談して、礼をかゝない程度で妥協してもらうこと、あとまだ借金してゐる処《ところ》があるが許して戴《いただ》けると思ふ。但し直木さんの千円は金が出来たら御返しすること。あとは勘解由小路《かでのこうじ》さんに二百五十円、他には園池、細川があるが、之《これ》はもうゆるしてもらつてゐると思ふ。園池にはヱがいつてゐるので。梅原に七十五円。村の過去の税金、金が出来たら払ふこと。

『武者小路實篤全集　第十八巻』小学館　1991年

だから願わくは、同じ借金するにしても、
お金持からでなく、
仲間の貧乏人から拝借したいものである。

——内田百閒「無恒債者無恒心（四）」

百鬼園先生思えらく、恒債無ければ、恒心なからん。お金に窮して、他人に頭を下げ、越し難き閾《しきい》を跨《また》ぎ、いやな顔をする相手に枉《ま》げてもと頼み込んで、やっと所要の借金をする。或《あるい》は所要の半分しか貸してくれなくても不足らしい顔をすれば、引込めるかも知れないから、大いに有り難く拝借し、全額に相当する感謝を致して、引下がる。何と云う心的鍛錬、何と云う天の与え給《たま》いし卓越せる道徳的伏線だろう。宜《むべ》なる哉《かな》、月月の出入りを細かく勘定し、余裕とてはなけれども、憚《はばか》り乍《なが》ら借金は致しませぬ事を自慢にしている手合に君子はいないのである。君子たらんとするもこの手合には、修養の機縁が恵まれていないのである。お金をもつという事は、その人間を卑小にし、排他的ならしめ、また独善的にする。厭うべきはお金である。お金があっては、道を修め、徳を養う事は出来ない。就中《なかんずく》やっと、どうにか間に合うと云う程度に、お金を所有する事が、最も恐ろしい。そう云うお金は、一番身に沁みて有り難いから、従って、お金の力が一倍強く、故に一層修養の妨げとなる。しかし、そう云うお金の力と云うものは、実は、真実の力ではないのである。人はよく、お金の有り難味と云う事を申すけれど、お金の有り難味の、その本来の妙《みょう》諦《てい》は借金したお金の中にのみ存するのである。汗水たらして儲けたお金と云うのも、ただそれだけでは、お金は粗《あら》である。自分が汗水たらして、儲からず、乃《すなわ》ち他人の汗水たらして儲けた金を借金する。その時、始めてお金の有難味に味到する。だから願わくは、同じ借金するにしても、お金持からでなく、仲間の貧乏人から拝借したいものである。なお慾を申せば、その貧乏仲間から借りて来た仲間から、更《さら》にその中を貸して貰うと云う所に即ち借金の極致は存するのである。

『大貧帖』中公文庫　２０１７年

うん。是《これ》でも高歩貸しだけには、なかく、信用がある。

――久米正雄「小鳥籠」

上つて見ると、鳥渡驚《ちよつと》いた。そこの茶の間の、植木が自慢で、上方風に作らした、大きな角火鉢――それは四尺平方位で、周囲を格子めいた木で作つてあつた。――を囲んで、五六人の、異様な風体の人々が、黙然と、坐つてゐた。一見して、はゝア、掛取りか借金取りだな、と、推察された。

中に、私に親しげに、お辞儀をするものがあつた。礼を返して、よく見ると、それは二三度此処《ここ》で、顔を合せた事のある、製本屋の番頭だつた。さう云へば、知つてゐる紙屋の小僧も、もう一つの全集の印刷屋の主人も、縞の背広なんぞ着込んで、向うに煙草を、飲んでゐる。……形勢甚《はなは》だ不穏だな、と、私は思はざるを得なかつた。

「――さア、どうぞ此方《こちら》へ。幾ら何だつて、もう起きるでせうから。」

おすみさんは、まだ赤ん坊気のぬけぬ、長男を抱いて、私のために、自分の敷いてゐた座蒲団を、裏返しにして勧めた。座布団が無い訳ではないが、先客が、殆《ほと》んど占領して了《しま》つてゐるのだ。

「いや、いゝです。僕は。――僕は此処で。」

と、私は其団欒《そのだんらん》を避けて、そこの茶の間の縁側へ、鬱然と腰を下した。

「さうですか。――尤《もつと》も、もう火の側《そば》でもありませんからね。」

私は黙つて、そこの眼の前にある、大きな鳥籠に眼を見張つた。それは籠といふより、立派な檻《おり》だつた。それは金網で、四角に張られて、そこの小さな庭の、半分ほどを占領してゐた。黒い石の庭には、珍らしいものが、黒く煤《すす》けて一本あつた。そしてそれは僅《わず》かに赤く芽吹いてゐた。小鳥籠はその楓をさへ、ぐッと押し付けるやうに、据ゑられてあつた。稠密な町屋の間で、そこから見る空は、僅かだつた。が、その蒼い空間から、こぼれる浅春の光りは、その楓の芽と、小鳥籠の上部に、うつすら漂つてゐた。

セキセイ・インコが流行《はや》つて、少し廃れたと云ふ頃だつた。籠の中の小鳥は、黄と云ふよりは青い、その番《つが》ひが多かつた。目白らしいものも居た。紅雀らしいものも居た。数はなか〳〵沢山だつた。そしてそれらは、さうベチャクチャ囀《さえず》つては居ないが、数が夥《おびただ》しいだけになか〳〵賑やかで晴れがましかつた。水を浴びるのがあつた。水を浴びて、羽を振ふと、虹が立つやうな気がした。いづれにしても、植木の奴、何と思つてこんなものを買つて来たか、余りと云へば、閑日月《かんじげつ》があるやうな気がした。此の前来た時は無かつたのに、今日あるから、人の金を費《つか》ひ込む間にも、こんな余裕があつたのだ。どの位の値段かは知らぬが、幾ら流行遅れでも、是《これ》だけのセキセイ・インコは、さう安くは買へまい。……癪《しやく》に障《さわ》るやうな不思議な思ひで、私は暫らくそれを眺めてゐた。

(編者・中略)

さうかうしてゐる所へ、当の植木が、奥の間から、やう〳〵起きて来た。起きて、手拭で顔を拭いて来たらしく、その渋い長目の顔は、鳥渡妙な光沢を帯びて、それがダラリと着流した、洒落れた八反《はつたん》の縕袍《どてら》に、何か役者めいて映つた。

「――やア。」

炉辺の客人たちの外に、彼は私の居るのを認めると、さう挨拶した。が、客人たちには黙つて、むつつり点頭《うなづ》くやうに、軽く頭を下げただけだつた。客人たちも、気を呑まれたやうに、黙つて会釈を返した。

「失敬。――」

彼は火鉢の傍へ、無精らしく寄つて来た。

又、無言の行が、暫らく続いた、見ると植木は、懐ろ手をしたまま、膨れぼつたい瞼に、ぢつと潤んだ眼を据ゑて、火鉢の中の火を見凝《みつ》めてゐた。肩だけが突兀《とつこつ》と高かつた。やがて彼は、片手を出して、最も高い喉笛から、顎の方へとずッと撫で乍ら、中空を仰ぐやうにした。――胸に、萬斛《ばんこく》の憂悶を湛へて、ぢつと無言のまゝ、どうともなれと思つてゐる様子だつた。

さうなると、私は自分から、何か言ひ出さずにはゐられない性分だつた。

「大分不景気だね、植木。」

私は、わざと微笑を以て、さう云つた。

「うん。」彼は肩ごと頭を下げるやうに点頭いた。「女には振られるし、電話は持つて行かれるし、どうもならん。」

彼はおすみさんや客人たちの前で、真面目な顔をして、そんな事を云つた。

「此《こ》の鳥籠はどうしたんだい？　バカに又不似合ひなものを、買つて来たぢやないか。」

私は、若干の非難を籠《こ》めて、云つた積りだつた。

「うん、それか。それは高歩貸しに貰つたんだ。」

「高歩貸し？」

「此間《このあいだ》行きつけの高歩貸しの所へ、又頼みに行つたらね。それやア俺は商売だから、貴方が借りたいと云ふなら、幾らでもお貸しするが、もう貴方自身のためだから、こんな金は借りるのをお廃《よ》しなさいと云はれた。――高歩貸しに迄《まで》、憫《あはれ》まれちやア、どうもならんね。」

「ふうむ、成程《なるほど》ね。」

私は返す言葉が無かつた。

「それで仕方が無いから、色々世間話をしてゐる中に、貴方は生きものが好きか、と聞くから、好きだと云つたら、それぢやア貴方なら、親切に飼つて呉《く》れるだらうつて、此小鳥籠を呉れた。――大方何処かの借金の、抵当の代りに取つて來て、持て余してた物に、違ひない。」

さう云つて、彼はその鳥籠の、上部にたゆたふ午後の日影を、ぢつと眺めた。

「高利貸も、なかく〵収めるところを知つてるね。」

「うん。是《これ》でも高歩貸しだけには、なかく〵、信用がある。」

そして彼は、例の物悲しげな、可愛いゝ微笑をした。

『日本現代文学全集57　菊池寛・久米正雄集』講談社　1967年

つまり私は、借金をし易《や》い人相に生れついてるのである。

――豊島与志雄「程よい人」

私はいつも、極めて静かに話をした。憐れっぽくもちかけて相手の心情を動かすというようなこともせず、深刻悲痛な調子で相手の同情を喚起するというようなこともせず、ただ静かに謙虚に話をした。つまり程好い話し方をしたのである。

――一万円ばかり、一カ月間、融通してもらえないでしょうか。

一万円ばかりと、金額をぼんやりさせておくことが大切であり、その代り、一カ月間と、期限を明確にしておくことが大切なのだ。この点を私は強調した。

――一カ月後には、伯父から金が来ることになっている。まかり間違ったら、僕自身の給料をそっくり返済にあてるつもりです。

私の月給は一万円と少しばかりあるし、この儀に不安はない。ただ伯父というのだけが方便であるが、それも言葉の上のことで、他から金がはいる約束になっているのだ。

——どうにもせっぱつまったというほどのことでもないし、是非ともとお願い出来る事柄でもないが、もし融通して貰えたら、たいへん仕合せだと、お話してみたのです。

少しくゆとりを示しておくことが必要なのである。

——この節は、病気をしたらとてもいけませんね。診察料のほか、注射薬、飲み薬、頓服薬と、どれもこれもばか高いし、その上に滋養物をとらなければならないし、僕のような貧乏人には大恐慌です。まあ僕が丈夫だからいいようなものの、然し、母と妹と三人暮しの、その母なものだから、出来るだけのことはしてやりたいのです。母の病気がなおらないうちは、僕は結婚もすまいと、心ひそかにちかってるような次第です。今住んでる家が、戦災にもあわずに残ったので、日常に不自由はしませんが、売り払ってよい金目の物もありませんし、あまりひどい筍生活をしても、母に心配をかけて病気に障ってはいけないと、あれやこれや考えて、まったく気が腐ってしまいました。

そういう風に、あとは世間話みたいに流してしまうのである。だが、嘘はあまりない。母の病気というのも本当だ。母は右肺に結核の病竈《びょうそう》がある。もう可なりの年配だし、患部は固まっているので、さし当って心配なことはないが、ふだんに警戒を要する。過労や栄養不足は殊に避けなければならない。この母を大切にしたいというのが、私の真意なのである。

斯《か》くて、話の全般に気を配り、多少のゆとりを示し、決して押しつけがましくならないように話をした。

それになお、私は自分の人相についても自信があった。色は白い方だし、眉根は開き、額は広く、殊に鼻がすっきりと高く、自惚れではないが、ノーブルな顔立ちと言って差支えない。私自身の経験から考えても、容貌に卑賤さや卑屈さや凶悪さなどが感ぜられる者には、金を貸す気にはなれないが、そうでない者には、うっかり金を出してやりがちだ。つまり私は、借金をし易《やす》い人相に生れついてるのである。

然《しか》し、こちらはいくら条件が揃っていても、全然余裕のない相手では仕方がない。これは絶対的なことで、前以て私はひそかに物色しておいた。同じ会社に勤務していれば、多少の余裕があるかどうかの見当ぐらいはつく。

そこで、借金を申し込んだのであるが、たいてい成功した。ただ、金額の点で、一万円が七八千円に値切られたことは往々ある。

有数の大会社なので、同僚も多く、後には私の手に集まった金も十万円に達した。然し、私は返済の期日を後らしたことは決してない。期間を厳守することが、信用を得る基礎なのだ。各個人から秘密に融通して貰ったとは言え、どうかした拍子に、他へ洩れないとは限らない。然し、期限を厳守しておりさえすれば、信用を害《そこな》うことはない。その上、暫く期間を置いて、同一人から再度の借金も出来るのである。約束の期日になると、私は返済金にピース十個ぐらいは添えた。同僚の仲だし、利息を出そうとしても取りはすまいし、謝礼に煙草十個など、まあ程好いところだろう。

私の見当では、借金の全額はもっと殖すことが出来た。然し十万円程度に止めた。図に乗ってはいけないと、自ら手控えたのである。つまり、私としては、程よく自分の分を守ったつもりである。

『豊島与志雄著作集　第五巻』未來社　１９６６年

借金《しやつきん》うんと背負《しよわ》せ指遣《さしつかわ》シ申候《もうしそろ》

——十返舎一九「借金を質におく文」

当暮《とうくれ》指支候《さしつかえそろ》ニ付《つき》
借金《しやつきん》うんと背負《しよわ》せ指遣《さしつかわ》シ申候《もうしそろ》
何卒《なにとぞ》質物《しちもつ》ニ御取《おんとり》可被下候《くださるべくそろ》
乍《しかしながら》レ然此節《このせつ》之《の》事故《ことゆえ》
利《り》者《は》高《たか》く候《そろ》而《と》も不レ苦候《くるしからずそろ》間《あいだ》
何程《なにほど》ニ而《て》茂《も》其方《そのかた》より御払《おんはらい》可被下候《くださるべくそろ》
尤《もつとも》古借《こしやく》ニて者《は》無レ之《これなく》
此間《このあいだ》拵候《こしらえそろ》借金《しやつきん》ニ付《つき》

随分《ずいぶん》直打《ねうち》者《は》可有レ之《これあるべく》
乍レ去《さりながら》請戻《うけもどし》候《そろ》儀《ぎ》者《は》毛頭《もうとう》無レ之《これなく》
急度《きっと》相流《あいなが》シ可申候《もうすべくそろ》間《あいだ》
其《その》御心得《おこころえ》ニて御借《おんかし》可被下候《くださるべくそろ》

『諸用　附会案文《こじつけあんもん》』1804年

〈註〉棚橋正博校訂『叢書江戸文庫43　十返舎一九集』国書刊行会（1997年）より引用。編者にて改行および振り仮名を補った。

5章　貸す

折角《せつかく》だけれども今借して上げる金はない。家賃なんか構《かま》やしないから放つて置き給《たま》へ。

――夏目漱石「書簡」

明治四十二年八月一日（日）　飯田政良　持参状

飯田政良様

夏目金之助

御手紙拝見

折角《せつかく》だけれども今借《か》して上げる金はない。家賃なんか構《かま》やしないから放つて置き給《たま》へ。僕の親類に不幸があつてそれの葬式其他の費用を少し弁じてやつた。今はうちには何にもない。僕の紙入《かみいれ》にあれば上げるが夫《それ》もからだ。

君の原稿を本屋が延ばす如く君も家賃を延ばし玉《たま》へ。愚図々々《ぐず》云《い》つたら、取れた時上げるより外に致し方がありませんと取り合はずに置き給へ。

君が悪いのぢやないから構はんぢやないか　草々

八月一日　　　　　　　　　　　　夏目金之助

飯田青涼様

紙入を見たら一円あるから是《これ》で酒でも呑んで家主を退治玉へ

『定本　漱石全集　第二十三巻』岩波書店　２０１９年

金は要《い》らんかね、といわれるので、「はい」と返事をすると、そつと私の手に金を渡してくれた。

――尾崎士郎「借金について」

思いだすと文壇の先輩の中で私が金を借りたのは廣津和郎さんだけである。廣津和郎という人は、文壇人の中では、もつとも計数にあかるい人とされているが、数字がわかつているくせに、このくらい数字を超越している人はない。私の記憶では廣津さんから金を借りたというかんじはなく、むしろ貸してもらつたというかんじが残っているだけである。妙な言い方になったが、私は廣津さんのところへいつて、借金の申込をしたことは一ぺんもなかつた。むしろ廣津さんの方が、尾崎君、金は要《い》らんかね、といわれるので、「はい」と返事をすると、あのひと独特の澄みきつた眼に微笑を湛えて、そつと私の手に金を渡してくれた。しめた、というかんじもしなければ、うまくいつたぞという気持もない。唯《ただ》、廣津さんの手にあつたものが私の手に渡つたというだけのかんじである。向うの貸しつぷりもよかつたが、こつちの借りつぷりもまた、なかなか見あげたものだつた。

『人間随筆』六興出版部　１９６７年

あなたのような方にお金をお貸ししておいたのは私どもの幸福でした。

――渋澤敬三「借金を返した話」

第一大戦直後のこと、高商を卒業した途端、日本に亡命中の孫逸仙［孫文］先生をある期間匿《かくま》って居たこともある豪放で政治好きの親父さんに隠居されてしまい、既に傾きかけた父祖伝来の家業たる砂糖屋をいきなり六十四万余円の借金を背負ったまま何とかやって行かねばならなくなった青年があった。今日でこそチョッピリの小金だが当時の青二才には身にこたえる大金で、この青年はぜがひでも早く借金を返そうと一大決心をした。相当綿密な償還計画を立てて各債権者殆《ほとん》ど全部歩き廻って、或《ある》いは十年、或は十五年賦と承諾してもらい、それからの彼は死物狂いだった。彼は債権者の家の前を通る時、そこに主人がいようがいまいが、道路から丁寧にお辞儀をして過ぎた。破産を猶予してもらった情義への礼である。砂糖屋さんの商売柄、東に西に奔走したが、彼は借金を完済するまでは絶対に宿屋に泊ることなく、必ず停車場で寝て、更に駅弁以外は食べなかった。他の面の努力も推して知るべし。しかし彼は吝坊ではなく、時に公共的な義捐金等は匿名で分相応なことをして、金を貸してくれた先方の人格に対しては卑屈でなしに十二分の敬意を表し、同時に自主自尊の心は一歩も譲らなかった。返金は約束通り着々と実行されつつ三年五年と十年近く経過した。すると妙なことが起ってきた。或る債権者は、彼の誠実と努力を激賞してその以後の債権を破棄し自ら証文を破ってしまった。また或る債権者の家に行くと、その昔は割賦の返金を玄関で出しても取次が判こだけ捺して主人は遭《あ》おうともしなかったのに、今度は「ぜひ上ってくれ」と云う。変な気がしたが座敷へ通されると、老主人夫妻で出てきて丁寧に頭を下げ、「あなたのような方にお金をお貸ししておいたのは私どもの幸福でした。今は私も落魄《らくはく》して明日にも困る身上になりましたが、あなたのお持くださった御返金でやっと年が越せます」と礼を云われた。こんな塩梅で予定期間よりは遥かに早く六十四万円余の借金を完済してしまった時のこと、ホッとした彼は、既にだいぶ老い込んだ親父にその旨を告げんとして勢いよく家に戻って親父をさがした。あたかも親父はその時、風呂上りかで小さな離れで足の爪を切っていたが、伜の話に振り向きもしないで、「そうか、いい勉強をしたなあ」と云ったきりだったそうだ。債権者の中には随分変り種もあった。九州筋の一人で、最初に遭って交渉したきりの人が、その後音信不通になった。或る日病みほうけた老人が尋ねてきた。やっと思い出して、「ああ、あなたでしたか、まあお上りになって」と云うと、その老人は、「いや今日は債権者として来たのではない。あなたの債務者振りには皆ホトホト感心していました。私も今は落ちぶれて誰一人世話になる人もなく、奇病にとりつかれて目下大阪の病院に施料患者として入院しています。もう余命いくばくもない。三千余円の証文はここで破りますが、私は生来卵が大好きで卵なしには一日も過ごせない。私は死ぬまで卵だけは食べたい。はなはだ申しにくいが百円貸してくだされ。それで卵を存分に食べて、もし余ったら返す」と云う。「そんなことならいくらでもお届け申します」と云ったが、頑としてきかずに百円だけもって帰っていった。その後三カ月くらいたって、忙しいので全く忘れてしまった頃、書留が届いた。看護婦さんからの手紙で、「病人は遂に亡くなりました。生前の云いつけとして、卵は六十何円何十銭真に有難がって頂戴しましたが三十何円何十銭か余りましたゆえお返し致します」と小為替が封入してあった由である。往時の青年今は五十六歳の彼は話終って更《さら》に私に向かい、「敗戦日本も、口はばったい言い分だが私の体験を参考にしてやれば再興は案外早いでしょう。あの風が吹きさらす米原駅のプラットフォームに夜通し寝ころんだ頃を想い出します」と云いながら笑ったが、その声は元気に満ち満ちたものであった。

『澁澤敬三著作集第3巻』平凡社　1992年「受けうりばなし二、三」

まあそう、急いで逐《お》い出さんでもええ。喰う物が無くなったらどこかへ行くじゃろ。

――夢野久作「近世快人伝」頭山満

嘗《かつ》て頭山翁が持っていた、北海道の某炭鉱が七十五万円で売れた事がある。これを聞いた全日本の頭山翁の崇拝者連中、喜ぶまいことか、吾《われ》も吾もと押寄せて、当時霊南坂にあったかの頭山邸は夜も昼も押すな押すなの満員状態を呈した。下では幾流れとなく板を並べた上に食器を並べて、避難民式に雲集した書生や壮士が入代り立代り飯を喰うので毎日毎日戦争のような騒動である。また階上の翁の部屋では天下のインチキ名士連が翁を取巻いて借銭の後始末、寄附、運動費、記念碑建立、社会事業、満蒙問題など、あらゆる鹿爪らしい問題を提《ひっさ》げて、厚顔無恥に翁へ持ちかける。

翁はそんな連中に対して面会謝絶をしないのみか、どんな事を頼まれても否《いや》とは云わない。黙々として話を聞き終ると金《かね》ならば金、印形なら印形を捺してやってミジンも躊躇しない。市役所へハキダメの物でも渡すように瞬く間に七十五万円を費消してしまった。残るものは借金取りの催促と、雲集した書生壮士ばかりになってしまった。

それでも、まだ印形や金を借りにくるものがある。しかも以前に、二度と来られないようなインチキで翁を引っかけて行った人間が、シャアシャアと又遣《や》って来るのである。それでも翁は何も云わずに無理算段をした金を遣り、印形を貸す。翁の一家は、そのために、七十五万円の富豪から一躍、明日の米も無い窮迫に陥ってしまったが、それでも避難民張りの米喰虫は雲集するばかり……。

或る人が見かねて、

「これはイカン。何とかしてコンナ恥知らずの連中を逐《お》い出さねば、先生の御一家は野タレ死にをしますぞ」

と忠告した。翁はニコニコと笑って疎髯《そぜん》を撫でた。

「まあそう、急いで逐《お》い出さんでもええ。喰う物が無くなったらどこかへ行くじゃろ」

『夢野久作全集11』筑摩書房　1992年

「カネオクッタ」

――吉行淳之介「また辛き哉《かな》、紳士！」


「紳士契約」という言葉がある。

お互に信用し合って、証文などを取りかわさずに契約を結ぶことを言うわけで、一見奥ゆかしいやり方のようにおもえる。

ところが、現実には「紳士契約」の「紳士」には、「世間知らずの」「間の抜けた」といったニュアンスが含まれてしまうことがしばしばである。

現に私は、紳士契約をしたばっかりに、苦い汁を飲まされているところである。その内容を書くのは差し控えるが、紳士契約をした相手が死んでしまったために、厄介なことが起った。当の相手は紳士であっても、その周囲の人は紳士であるとは限らない。

その問題を相談に行った弁護士が私に訓戒を与えた。

「これからは、紳士契約などはなさらぬことですな。そればかりでなく、金は貸さぬこと、証文には印を捺《お》さぬこと。相手が親しければ親しいほど、そのことをしないのが、すなわち紳士としてのタシナミです。なぜならば、そういうことをすれば、親しさが破れることがしばしばですからね」

その言葉は、たしかにその通りであろう。しかし、いつも、絶対、その言葉どおりに振舞ったとしたら、躓《つまず》くことはないにしても、人生が味もソッケもなくなってしまいそうな気がする。

ただし、この訓戒にそむいて行動する場合は、自分が「世間知らずの」「間の抜けた」役割を引き受けるかもしれぬことを、あらかじめ、覚悟することが必要である。けっして躓くことがない人間よりも、時に間抜けな役割を引受けた方が、人間味があり、すなわち「紳士」に近付くというものだ。

しかし、間抜けな役割を引受けることを覚悟していても、じつに厭《いや》な後味の残る場合がある。自分が間抜けになるのはよいとしても、相手の神経の在り具合が我慢できぬことがあるからだ。

その例を一つ挙げてみよう。

ある日、エンピツ書きの、長い長い手紙がきた。女名前の差出人には心当りがなかったが、中身を読んでいるうちに思い出した。数年前、原稿持参で訪れてきた女性である。文学少女のくさ味も無かったが、外見内容ともに平凡な女性であった。もちろん、原稿には見るべきところは無かった。

ところで、その長い手紙の内容であるが、結婚した後の窮状がこまごまと書いてある。現在は、田舎の山の中のお寺に夫と一しょに厄介になっている。死のうとおもってここまで来たが死にきれず、もう一度、都会へ戻って再起を計りたい。ついては、そのための二人分の旅費を貸していただきたい、というのである。

私はその金を送る気になった。というのは、以前会ったときの彼女からケナゲな感じを受けたことを思い出したし、生死の問題ということになれば（たとえそれは手紙の上のことだけだとしても）、捨ててはおけぬとおもったからだ。

私は宛名のところに、旅費よりは多い金を送った。貸すつもりではなく、もちろん施すつもりではなく、「捨てる」という気持が近いだろう。捨てたつもりで、もしもそれが役立てば、といったところである。

そこまでは無難だったが、一つの失策を私はした。丁度、郵便遅配の折だったので、彼女たちが、「いまかいまか」と待った気持をなだめる意味で、電報を打った。

「カネオクッタ」

というだけの文面で、激励の言葉は一切、付け加えなかった。

「郵便は遅れているが、金は送ってあるから、そのうちに着く」という意味の電報のつもりだった。

おそらく、この電報を打ったということが、いけなかったのだろう。彼女たちに私が大大的の好意と、それに彼女たちの立場にたいしてパセティックな気持をもったとでも誤解したようだ。ほとんど折り返しに、電報が届いた。

「マダツカヌ　ユキフカシ　ゴジヨリヨクヲコウ」

という文面で、私はカッと腹が立った。あらかじめの覚悟も、一瞬の間に飛んでしまって、カッと腹が立った。

遅れることがあっても黙って待て、というための電報にたいして、「マダツカヌ」とは何事である。それに、「ユキフカシ」とは何事であるか。

彼女たちが、死にに行ったというのは嘘《うそ》で、単に死のムードとたわむれに行っただけのことだ、とおもった。彼女たちのムード旅行に、私は一役買わされたわけだ、とおもった。

私が、そのまま放っておいたことは言うまでもない。その女性からは、金の着いたという報せさえ来なかったが、やがてまた長い手紙が来た。夫が病気であるから医師を紹介せよ、とあった。

念のために付記しておくが、その女性と私とは、個人的な関係は皆無なのである。しかし、落着いてよく考えてみると、私が腹を立てたのは、「紳士」としての覚悟において不十分のところがあるためだと反省した。私は、やはり無意識のうちに、彼女たちの感謝を期待していたようだ。それが、いけない。この「紳士読本」の第一回にも書いたように、

「他人に親切にしようとおもうときは、それが二倍の大きさになって手痛くハネ返ってくる覚悟が必要」

なのである。その覚悟において欠けるところがあったらしい。

こうなると「紳士」たることは、なかなか辛《つら》いことだ。

「金は貸すべからず、証文には印を捺すべからず」

断乎としてその態度を取った方が、後の憂いがない。どうも、その方がよさそうだ、などとおもっているところに、友人のZ君がやって来た。金を借りて家を建てるから、保証人になってくれ。この証文に印を捺してくれ、というのである。

はて、どうしたものか。

Z君は、「紳士」である。となれば、やはりZ君が紳士であることを信頼するより仕方があるまい。

「そうか。じつは、ぼくの祖母さんが、底抜けのおひとよしでね」

と、私はZ君に話しはじめた。

「そのため、親戚にダマされて、手形の裏にハンコを捺してねえ。そのために、息子たちに大借金がかぶさってきてねえ。そのために、そのばあさんが死んでから十何年も、息子たちがその借金を払いつづけてねえ。まったく、こういうものにハンコを捺すというのは、厭《いや》なことなんだがねえ」

と、私は苦情たらたらで、Z君の持ってきた証文を手もとに引きよせ、威勢よくポンと実印を捺したのである。

「紳士」たることも、また辛い哉《かな》。

そういう覚悟と屈折の末の契約にもかかわらず、昨日も、前記の「紳士契約」の末のもめごとの折衝のとき、相手方の代弁人がこう言うのである。

「あなたも、まだまだ苦労が足りませんな。だいたい、紳士契約なんどというものは、世間知らずのやることですよ」


『不作法紳士――男と女のおもてうら――』集英社文庫　1986年

解説

借金の才能にあふれる文士たちが
後世に残る作品を書くことができたのは
彼らを助けた人がいたからでもある

荻原魚雷

作家の年譜を見るのが好きだ。ひまさえあれば見ている。気になるのは引っ越しの回数である。昔の作家はよく引っ越した。引っ越し貧乏というか、貧乏だから引っ越しばかりしていた。いわゆる夜逃げである。

昔の作家の身辺雑記を読むと質屋通いや借金の話がしょっちゅう出てくる。借金は暮らしの一部だった。後にお札の肖像画になるような文豪たちも方々から借金をしていた。

原稿料を前借りし、やむにやまれず書いた作品が名作になる……こともある。

文士と借金は切っても切り離せない。文士の時代とは出版社から原稿料を気軽に前借りできた時代だとおもっている。前借りの文化が廃れ、文士の時代は終わった。

「ふざけたことに使うお金ではございません。たのみます」

「一日も早く、たのみます、来月必ず、お返しできます。

切迫した事情があるのでございます。

拒否しないで、お助け下さい」

これは太宰治のデビュー作の「晩年」が出る前の手紙の一節である。天然の文才に溢れている。太宰治は作家として売れてからもよく借金した。夜逃げもした。たぶん経済観念がおかしかった。そのおかしさも彼の文学と無縁ではない。

借金は詩境に通じている――といったのは坂口安吾だが、彼もまた引っ越しをくりかえし、出版社や知人から金を借りていた。晩年まで編集者や友人に住むところの世話をしてもらっていた。文士の時代、羨ましい。

詩境といえば、山之口獏や竹内浩三の借金の詩は不朽の名作だろう。詩人だから貧乏になるのか、貧乏だから詩人になるのか。借金をしなければ生まれなかった詩があり、借金を返せないから生まれた詩がある。

松浦総三編著『原稿料の研究』（みき書房）によると、石川啄木は「借金の言い訳の手紙を書く名人で、〝借金文範〟だった」そうだ。さらに明治の文士は「借金の才能もなくては生きてゆけなかったにちがいない」と述べている。本書でも啄木は大活躍である。啄木は「弱い心を何度も叱り、金かりに行く」という詩を作った。

「筆は一本、箸は二本」の名言で知られる斎藤緑雨は「つまり借金は智慧だね」という言葉を残している。

借金は才能であり、智慧である。

中には「ミミズクみてえな顔」（さて誰でしょう？）で一時間くらい黙り込んで金を借りた文豪もいた。啄木が言い訳の名人ならミミズクもまた名人、もしくは妖術使いといってもいいだろう。

ちなみに、本書のわたしの一押しは葛西善蔵の「貧乏」である。小説もいいが、とぼけた味わいの随筆も絶品だ。彼は金を借りて酒を飲んで逃げ続ける生涯を送った。

借金をしなければいけない人はたいてい困っている。金を借りたとしても困った状況は変わらない。借りた金は目先の生活費や別の借金の返済にあてられることも多かった。返せるアテがあって借りる人もいるが、アテがまったくなさそうな人もいる。貸すほうもかならずしも裕福だったわけではない。

お金の貸し借りにたいしてルーズだったのはお金の価値自体が絶対ではなかったからか

もしれない。戦争があったり、恐慌があったり、インフレがあったりして、貨幣の価値が揺らいでいた。そういう時代は生きるのは大変だが、借金には寛容だった。

赤塚不二夫のトキワ荘時代の借金話には諸説ある。本書の収録作では寺田ヒロオから借りた金額は二十万円となっているが、他に六万円と記されている著作もある。今となっては正確な額はわからないが、いずれにせよ当時としては大金であり、赤塚不二夫を救った。テラさんはトキワ荘のメンバーの家賃もよく立て替えていた。昭和史におけるもっとも美しい借金のエピソードといっても過言ではない。

金の貸し借りは友情の証でもあった。もっともその友情が借金によって損なわれることもしばしばあった。

吉行淳之介の「他人に親切にしようとおもうときは、その二倍の大きさになって手痛くハネ返ってくる覚悟が必要」という一節は金の貸し借り以外にも通じる人生訓だろう。

泣きつき、途方に暮れ、踏み倒し、開き直る。借金の才能にも個性あり。

苦しいときに頼れる人がいるというのはほんとうに幸せなことだ。借金の才能にあふれる文士たちが後世に残る作品を書くことができたのは彼らを助けた人がいたからでもある。

略歴

太宰治
だざい・おさむ
（1909-1948）

小説家。「走れメロス」「人間失格」など。掲載の淀野隆三（文芸評論家・フランス文学者）宛て書簡、「悶々日記」ともに1936年の記述。前年創設された芥川賞を切望しつつ、盲腸の麻酔薬として処方されたパビナールの中毒となり、自ら乱用、出費がかさんでいた頃。書簡の註は太宰の信奉者で、貧窮にあえいだ小説家、小山清（1911-1965）による。　（奥園）

◇

尾崎放哉
おざき・ほうさい
（1885-1926）

俳人。東京帝国大学法学部を卒業後、東洋生命保険（現・朝日生命保険）に就職、大阪支店次長を務めるなど出世コースを進むエリートだったが、酒がもとでそれまでの生活を捨て、京都の一燈園に入所。以後、須磨寺の大師堂、若狭小浜の常高寺などで寺男をしながら各地を放浪。最後に小豆島の西光寺南郷庵《みなんごあん》堂守となり、8か月の間、3000句近い俳句を作り、翌年4月に死去。享年42。

◇

宮崎郁雨
みやざき・いくう
（1885-1962）

歌人。函館の短歌結社「苜蓿社」の同人で、啄木一家をもっとも支えたといわれる郁雨の負担、現在の価値にして300万円（公務員給与による換算）。「借金メモ」は1909年、啄木が朝日新聞社の校正係として働いていた頃のもの。月給は30円だったので、メモ記載の借金の合計は年収の4倍ちかくになる。初出は宮崎郁雨『函館の砂―啄木の歌と私と』東峰書院、1960年。　（奥園）

◇

森茉莉
もり・まり
（1903-1987）

小説家、エッセイスト。森鷗外の長女。父親の溺愛を受けて育ったせいか、長じても日常生活には無頓着だったが、料理は得意だったという。遅咲きの文筆家だが、独特の感性で紡がれる筆致のファンはいまなお多い。萩原葉子（朔太郎の長女）、室生朝子（犀星の長女）は、茉莉とは20ほど離れた歳下の友人。本項に続く「続・借金」では、倉橋由美子の田村俊子賞授賞式に財布を忘れて出席し、瀬戸内晴美（寂聴）に金を借りている。　（皆川）

◇

芥川龍之介
あくたがわ・りゅうのすけ
（1892-1927）

小説家。東京帝国大学在学中に菊池寛らと第三次『新思潮』を創刊、第四次『新思潮』に「鼻」を発表し、夏目漱石に絶賛される。卒業後は海軍機関学校の嘱託教員をしながら創作に励む。のちに小説に専念、「羅生門」「芋粥」「藪の中」などを発表、大正文壇の寵児と目される。本項は晩年の手紙。註釈によると「親戚に不幸出来　四日、姉ヒサの再婚先西川豊宅が全焼。火災保険をめぐり多額の借金を抱えていた西川に放火嫌疑がかかり、六日西川は千葉県土気トンネル付近で自裁した。芥川は借金の返済について『東奔西走』しなければならなくなった」。

◇

尾崎一雄

おざき・かずお　（1899-1983）

小説家。繊細かつおおらかな視点で日常をとらえ、飄々《ひょうひょう》としたユーモアのある作品を書いた。1931年、山原松枝と結婚。「間抜けな亭主と気の利かない女房の演ずるろくでもない日常」は、困窮のなかにも、松枝にとって楽しい思い出の日々で、創作に行き詰まっていた尾崎に新生をもたらした。家賃に窮して夜逃げした下宿は東光館といい、経営者の横田夫婦はのちに下宿を廃業した。尾崎は横田のその後を案じ、小説まで書いて行方を捜した。1937年、短編集『暢気眼鏡』で第5回芥川賞を受賞。ちなみに、作中、芳枝の好物とされたため、尾崎家への訪問者は、そろってどら焼きを手土産にした。しかし、松枝は実は洋菓子の方が好きだった。（目時）

◇

内田百閒

うちだ・ひゃっけん　（1889-1971）

小説家。1910年、東京帝国大学独文科に入学、翌年から漱石門下生となり、卒業後は陸軍士官学校、海軍機関学校、法政大学のドイツ語教授を歴任。1934年、法大を辞職して文筆生活に入った。1921年「冥途」を発表。その後、随筆集『百鬼園随筆』（1933）によって、多数の読者を獲得した。若いころから高利貸などに借金を繰り返し、「大貧帳」などの〝借金随筆〟も人気がある。ちなみに「書簡」の相手、多田基は法政大学時の学生で、黒澤明の『まあだだよ』で知られる「摩阿陀会」の肝煎（幹事）の一人。「無恒債者無恒心（五）」で、百間が金を借りようとしている「大人」は、森田草平。漱石門下生の中でもっとも親交の深かった人物。本項は「書簡」、「無恒債者無恒心」より「四」「五」を掲載した。

◇

国木田治子

くにきだ・はるこ　（1879-1962）

小説家、国木田独歩夫人。本項は「独歩社」解散までを描いた記録小説。人名などは置き換えられ、独歩は「岡村正夫」、治子は「常子」の名で登場する。矢野龍渓より事業を引き継ぐために創業した独歩社は、多くの債務を抱えながらも、友人の援助、債権者の理解を得て持ち直すかに見えたが、一債権者の訴訟によって翌1907年破産。実家から金を用立ててくれた梅ちゃんこと女性写真師・梅子については、黒岩比佐子氏の『編集者国木田独歩の時代』（角川選書）に興味深い考察がある。（皆川）

◇

北杜夫
きた・もりお（1927-2011）

小説家。歌人・斎藤茂吉の次男。1960年、船医としての体験をもとに書いた小説「どくとるマンボウ航海記」で人気を博す。同年「夜と霧の隅で」で芥川賞。双極性障害を患い、躁・鬱それぞれの時期の自らをユーモラスに描いた作品も多い。本項では躁状態のなか株式投資にハマっているが、この後自己破産することになる。娘・斎藤由香もエッセイストとして活躍している。（奥園）

◇

木山捷平
きやま・しょうへい（1904-1968）

小説家。1929年に第一詩集『野』を自費出版で発表。1931年には第二詩集『メクラとチンバ』を同じく自費出版。1933年には太宰治らと同人誌『海豹』を創刊。この頃、井伏鱒二を知り、以後親交が続く。同人誌創刊以降は小説家として活動、1939年作品集『抑制の日』を発表、第九回芥川賞候補になる。1944年、満洲国農地開発公社嘱託として長春に赴き、1945年、現地で応召。敗戦後、長春で難民となる。この経緯は「大陸の細道」に描かれ、1963年には同作で芸術選奨文部大臣賞を受賞。

◇

田村隆一
たむら・りゅういち（1923-1998）

詩人。詩誌『荒地』の中心人物として活躍。名人と称されるほど借金がうまかったという。カストリ焼酎とは、戦後に多く出回った粗悪な密造焼酎のこと。田村は同書執筆ののちに、たびたび金を借りていた有吉佐和子のすすめで大蔵財務協会に転職したと語っているが、どちらが正確なのだろうか。「誤記憶の重要性」を説いた坪内祐三氏が偲ばれる。鷗外の孫とは、この後平凡社に勤めた茉莉の次男、山田亨氏のことだろう。（皆川）

◇

大泉黒石
おおいずみ・こくせき（1893？-1957）

小説家、ロシア文学者。中国に駐留していた外交官であったロシア人の父と日本人の母の間に生まれる。長男は「怪優」としてスクリーンやブラウン管を飾った大泉滉《おおいずみあきら》。幼少期に父母を亡くし、ロシア人の叔母に引き取られ、ロシア、フランス、イタリア、スイスなどで学ぶが、ロシア革命を機に帰国し、さまざまな職を経て「俺の自叙伝」シリーズ（1919年より『中央公論』掲載）で文壇デビュー。特異な経歴と斬新な文体で一躍寵児となる。「人間開業」（単行本は1926年、毎夕社出版部）は「俺の自叙伝」シリーズの一部で、作家としてのデビュー後を描いている。黒石の悪友である美梅軒（画家）や呑舟（編集者）のモデルは不明だが、辻潤《つじじゅん》や坂本紅蓮洞《さかもとぐれんどう》のように実名も散見する。「戯曲家のアマノジャクさん」は秋田雨雀《あきたうじゃく》であろう。渋澤榮一が子爵になるのは1920年だから、本作の「澁澤男爵」は間違いではない。（末永）

◇

樋口一葉

ひぐち・いちよう　（1872－1896）

小説家。萩の舎に入門し、中島歌子に歌、古典を学び、半井桃水に小説を学ぶ。生活に苦しみながら「たけくらべ」「にごりえ」「十三夜」を発表。わずか1年半で発表した作品は森鷗外、幸田露伴、高山樗牛などに賞賛されたが、24歳6か月で肺結核により死去。本項は日記からの引用だが、母、妹、一葉の三人暮らしは赤貧そのもので、家に金がないことや、借金をしたことが日記には事細かに書かれている。

◇

石川啄木

いしかわ・たくぼく　（1886－1912）

歌人、詩人。岩手県生まれ。盛岡中学中退後、明星派の詩人として出発。20歳で第一詩集『あこがれ』を出版。1908年に上京。1909年に「東京朝日新聞」の校正係となるが、窮乏生活は続く。周囲に借金を続け、その金で売春宿に通っていたのは有名な話だが、1910年、歌集『一握の砂』、翌々年『悲しき玩具』を出版。歌壇から注目されるも、1912年、肺結核のため死去。享年27。

◇

山之口貘

やまのぐち・ばく　（1903－1963）

詩人。沖縄県那覇区（那覇市）東町大門前出身。人生のさまざまな場面を純朴で澄んだ目線で描いた。「妹へおくる手紙」、「生活の柄」、「自己紹介」、「結婚」、「頭をかかえる宇宙人」、「年越の詩」、「思ひ出」では上京して金に苦労した自己を赤裸々に描いた。「借金を背負って」では借金の返済と借り入れを繰り返す生活を、「告別式」では借金を完済できずに死んだ自分の死後をユーモラスに描いた。初出は『小説新潮』1951年10月号。

◇

葛西善蔵

かさい・ぜんぞう　（1887－1928）

小説家。哲学館大学、早稲田大学英文科の聴講生を経て、1912年、広津和郎らと同人雑誌『奇蹟』を創刊。処女作「哀しき父」を発表。出世作「子をつれて」（1918）も、子を連れて街頭をさまようという貧乏話。自らの体験に取材した私小説に徹し、破滅型と呼ばれる苛烈な自虐的作品を相次いで発表したが、詩情とペーソスを漂わせている作品も少なくない。

◇

幸田文

こうだ・あや　（1904-1990）

小説家、随筆家。明治の文豪・幸田露伴の次女。1928年、24歳で清酒問屋の三男・三橋幾之助と結婚、娘・玉を産む。病弱な夫を支えたが家業は振るわず廃業。1938年離婚、実家に戻る。露伴没後、父を回想する文章が評価され、のちに作家活動に。1956年「流れる」で新潮社文学賞、日本芸術院賞。代表作「こんなこと」「黒い裾」「おとうと」など。（奥園）

◇

赤塚不二夫

あかつか・ふじお　（1935-2008）

マンガ家。藤子不二雄、石森章太郎などと住んだ豊島区椎名町のアパート・トキワ荘。住人たちが結成した「新漫画党」の総裁・寺田ヒロオもまだ新人だったが、金銭のやりくりに長けていて、後輩の生活によく気を配った。寺田に励まされた赤塚が、やがて「天才バカボン」などの過激なギャグマンガで人気者になるのに対し、良心的なスポーツマンガを描いていた寺田は流行になじめずに筆を折ることになる。（奥園）

◇

山本周五郎

やまもと・しゅうごろう　（1903-1967）

小説家。本項は1928～29年、25歳の時に住んだ千葉県浦安町での日記「吾が生活」から。自ら「為事（しごと）」とよぶ創作活動を優先したための困窮。いっぽう、江戸期の生態を残す漁村や、近代化の波に飲まれつつある町の人々との交流についても、丁寧に書き留めている。代表作「青べか物語」（1960）は、若き日の記録をもとに執筆された。日記は没後、木村久邇典の詳細な註(本書では割愛)とともに「青べか日記」の名で発表される。（奥園）

◇

林芙美子

はやし・ふみこ　（1903-1951）

小説家。代表作「放浪記」（連載開始『女人芸術』1928年10月号）では、惚れた男たちから邪険にされている主人公の描写が印象ぶかい。けれどもお金を貸してくれ、なにかと親切な「松田さん」に対しては、自分のほうがどうしても折り合えないのであった。一連の部分は関東大震災後の1923年末、女工として働いていたころの記述とされる（今川英子の研究より）。（奥園）

◇

橘外男

たちばな・そとお　（1894-1959）

小説家。石川県生まれ。旧制中学時代、手の付けられない不良であった橘は親に勘当され、北海道に追いやられる。上京後、広告代理店などを営んだようだが、伝記的には不明な点が多い。1936年『文藝春秋』の実話懸賞に投じた「酒場《バー》ルーレット紛擾記《トラブル》」でデビューし、1938年には「ナリン殿下への回想」（同年

『文藝春秋』掲載）で第七回直木賞を受賞した。怪奇・幻想小説、怪談、秘境小説などで著名だが、「話芸」とでもいうべき独特の饒舌体の自伝的ユーモア小説も得意とした。本作「或《あ》る千万長者と文士の物語」（１９５１年『中央公論』連載時には未完で１９５４年の単行本化で完結）は、その代表作のひとつで、１９３０年代と思われる貧乏時代と医療器械問屋の輸出部支配人時代を戦後に回想するという形をとっている。戦後もコンスタントに作品を発表していたが、突然『私は前科者である』（１９５５年、新潮社）で、刑余者であることを告白した。（末永）

◇

戸川残花

とがわ・ざんか　（１８５５-１９２４）

詩人、評論家。現在の岡山県早島町一帯を領した上級旗本の家に生まれた。明治以降は、キリスト教の伝道、女子教育、旧幕時代の証言や資料をまとめた『旧幕府』の刊行、史跡天然記念物の保護活動に従事するなど、多彩な活躍をした。幕府瓦解に際しては、朝廷に帰順を願い入れてかなえられたが、それは高い買い物であった。引用中の軍資金三千両は、払いきれず結局、有栖川宮に借入の形になったが、１年後には領地を失い、銀座煉瓦街ではじめた商売に失敗、キリスト教の伝道師となって赤貧で宣教活動を行う残花に返済のすべはなかった。度重なる国からの返済請求に、「私ハ勿論子孫ニ到ル迄身代再興次第速ニ」返済すると約して猶予を認められた。返済は細々と続けられ、残花が歿後残した82円54銭２厘の借金は、昭和11年に長男が全額を支払い、親子二代、70年近い歳月をかけて完済した。（目時）

◇

大宅壮一

おおや・そういち　（１９００-１９７０）

評論家。大阪府富田村（現高槻市）の味噌醤油醸造業の家に生まれる。家業を助けつつ勉学に励むが、中学在学時より社会運動に関心を持ち放校処分に。東京帝大に進学後ジャーナリズムの道に入る。戦前戦後を通じ在野の精神を貫く社会評論家として活躍。「一億総白痴化」「恐妻」など流行語も多数作った。（奥園）

◇

松林伯円

しょうりん・はくえん　（１８３４-１９０５）

講談師。二代目松林伯円は、生涯70をこえる講談を創作、幕末に泥棒物を、明治には文明開化の波にのって新聞ネタを読んで爆発的な人気を博し、明治38年に72歳で世を去るまで演芸界の頂点のひとりとして君臨した。酒に博打、遊び方は派手であったが、生前、弟子の悟道軒円玉に「借金と鱧は大嫌い」といい、老いて病んでのちも誰からの援助もうけず、死去したときは１円の借財も残さなかった。その伯円も、若き日、晩年まで「未だに相済まぬことをしたと汗顔恐縮に堪へぬ」といって恥じる不義理を犯したことがあった。安政元年、21歳で初代の芸養子となって二代目伯円を襲名。翌年の安政の大地震で師父を亡くしたが、やがてきた復興の好景気で面白いほど儲けた。ほどなく放蕩に身を持ち崩した。（目時）

◇

川端康成
かわばた・やすなり（1899－1972）

小説家。代表作に「伊豆の踊子」「雪国」。その瞳で見つめられたらもうおしまい。原稿が間に合わなくても、金がなくっても、何とかしなくちゃと考えるのはまわりの編集者や文士仲間なのであった。作家・梶山季之（1930〜1975）が、文学者に関する回想・記録を柱にして創刊した月刊誌『噂』（1971年8月号〜74年3月号）には、このノーベル賞作家の他にも、文士たちの「活字にならなかったお話」が満載。（奥園）

◇

坪田譲治
つぼた・じょうじ（1890－1982）

児童文学作家。代表作に「風の中の子供」など。生活苦を訴える男に同情、快く貸したはずがなんだか怖い展開になる、掲載作「借金の話」（初出・1965年）。坪田には、仲のよかった尾崎士郎に金を貸して心労をかけさせられたエピソードもある。（奥園）

◇

勝海舟
かつ・かいしゅう（1823－1899）

幕臣、政治家。巌本善治が、主宰する『女學雑誌』に連載した聞き書きがベースと解説にある。赤坂氷川町の勝邸は、政治家、文化人などが、さまざま訪れる「サロン」だった。旧幕臣のバックアップのため、徳川宗家（年収5万円）の資金運用を担っていたという海舟だが、細事には私費も投じたことだろう。家族を養い、つきあいも広いから、当然出費もかさむ。この談話の3か月後、翌年の1月に急逝。死の直前、孫娘・伊代子の伴侶として迎えるため、徳川慶喜の十男・精《くわし》を養子としている。（皆川）

◇

吉行淳之介
よしゆき・じゅんのすけ（1924－1994）

小説家。東大中退後、女子校の講師や雑誌社記者などを経て作家活動に。1954年「驟雨」で第31回芥川賞。性をテーマにした観念的な小説からエンタテインメント作品まで幅広く執筆。また「人生の観察者」と評されるように、男女の機微に触れた含蓄深いエッセイも多い。他に「暗室」「夕暮れまで」など。（奥園）

◇

井原西鶴
いはら・さいかく（1642?－1693）

俳諧師・浮世草紙作者。「世間胸算用」（1692年、西鶴晩年の作）は、大晦日、借金の清算、生活の算段に追われる元禄期の町人の風俗を描いた、20の短編からなる浮世草子。無頼派の作家・織田作之助（1913-1947）は西鶴に傾倒、この作品を最高傑作と考えていた。平易な文章、原文に忠実な訳として定評がある。初出は西日本新聞、1931年12月〜32年3月。（奥園）

◇

田中小実昌
たなか・こみまさ（1925-2000）

小説家。ユーモアあふれる作品の中に独自の世界観を持つ。ストリップ劇場の従業員、テキ屋などさまざまな職業を経験。西荻窪には福岡県出身の学生の寮「浩浩居」があり、そこに下宿していた同窓の友人たちと立ち寄っていたのがバー「街」。ノートをつけつつ借金を許してくれる主人がいたこの酒場、木山捷平、中井英夫の日記にも頻繁に登場。（奥園）

◇

齋藤緑雨
さいとう・りょくう（1867（8?）-1904）

小説家。仮名垣魯文門下で正直正太夫の号をもつ。舌鋒鋭い評論やアフォリズム（警句・箴言《しんげん》）の名手として名を成したが、肺結核により早世。晩年は病のため仕事ができず借金もかさんだようだ。同じ没落士族で困窮生活を送っていた樋口一葉の作品を絶賛し、その死に際しては葬儀を手配し、借金精算の算段をしている。本項は、後藤宙外らによる1897年の聞き書き。「緑雨以後真の江戸ッ子文学は絶えて了《しま》つた」（内田魯庵）。（皆川）

◇

種田山頭火
たねだ・さんとうか（1882-1940）

俳人。本項は、五・一五事件の翌年、1933年の日記の抜粋である。この前年、故郷の山口に「其中庵《ごちゅうあん》」を結び、近在を托鉢しながら発句する生活。この年12月には、第二句集『草木塔』を上梓している。本項は借金先の古本屋が夜逃げしていたという話だが、山頭火自身も古書店兼額縁店を営み失敗している。母親の自殺、実家の破産など家庭的に不遇で、自身も酒に溺れ、自殺未遂を繰り返したが、師の荻原井泉水はじめ周囲に愛された人。（皆川）

◇

小池重明
こいけ・しげあき（1947-1992）

アマチュア将棋棋士。通称・じゅうめい。プロ棋士たちをも次々と破り、「新宿の殺し屋」「プロ殺し」の異名をとった。異例のプロ編入話も出たが、素行の悪さから実現せず。本項は小池の懺悔録「流浪記」をもとにした評伝小説。苦境にあった『将棋ジャーナル』誌の経営を引き継ぐも廃刊に追い込まれ、自身も債務を負った団鬼六の復帰作となった。小池は一時、団の運転手を務め、二人の対局棋譜も残る。「天狗茶屋」は新宿歌舞伎町にあり小池の拠点ともなった将棋居酒屋。（皆川）

草野心平 ◇

くさの・しんぺい（1903‐1988）

詩人。1928年、第一詩集『第百階級』で世に出る。とくに蛙をモチーフにした野性的な詩で知られる。1935年、中原中也らと創刊した同人詩誌『歴程』は現在も継続中。生活のため屋台の焼き鳥屋を営み、戦後は居酒屋「火の車」を経営、常連としてさまざまな文士たちが集った。家賃が払えず生涯に20数回の転居を経験している。（奥園）

池田満寿夫 ◇

いけだ・ますお（1934‐1997）

画家、小説家。本項は、池田の訃報に接した田村隆一の追想。渋谷区の北のはずれ、本町の池田宅を訪れた田村は、当時池田と同棲していた富岡多恵子に何が食べたいかを聞かれ、「新潟の酒と鯛刺し」を注文し、唯一の畳敷き二畳を占領して寝てしまう。数年後、池田がそのとき生まれてはじめて鯛刺しを口にしたことを知り「思わずぼくは感涙にむせぶことになる」。若者たちがみんな貧乏をしていた、1960年ごろのエピソード。（皆川）

古今亭志ん生 ◇

ここんてい・しんしょう（五代目）（1890‐1973）

落語家。明治後期から昭和期にかけて活躍した東京の落語家。本名、美濃部孝蔵。天衣無縫、八方破れと言われる芸風で、戦後の東京落語界を代表する落語家の一人。得意の演目は「火焔太鼓《かえん》」「文七元結《ぶんしちもっとい》」。長男は十代目金原亭馬生（初代古今亭志ん朝）、次男は三代目古今亭志ん朝。孫に女優の池波志乃（十代目馬生の娘）。借金の話題には事欠かず、方々に借金をして返済せず、借金取りから逃れるために芸名を16回変えたことなどが知られる。

薄田泣菫 ◇

すすきだ・きゅうきん（1877‐1945）

詩人・随筆家。岡山中学を中退後上京、漢学塾の助教を務めつつ上野図書館に通い、和漢洋の文学書を読破する。1912年大阪毎日新聞に入社、15年から同紙に「茶話」を連載する。古今東西の人物のエピソードに軽妙な寸評を施し、端正な文体でつづったコラムが人気を博した。「茶話」は掲載誌を変えつつ1930年まで書き継がれた。（奥園）

壺井栄 ◇

つぼい・さかえ（1899‐1967）

小説家。児童文学「二十四の瞳」で知られる。1925年、故郷・小豆島を出て上京、同郷の詩人・壺井繁治と結婚。翌年移った世田谷町太子堂の長屋に林芙美子、近所に平林たい子がそれぞれ同棲相手と引っ越してくる。3人は貧乏をしのぐため融通しあい、男たちのハラスメントに耐え、支えあった。大家族育ちの栄は、訪ねてくる仲間たちに借金してでも飯を食べさせ、この気風は終生変わらなかったという。初出は『中央公論』1958年2月号。（奥園）

◇

正岡子規

まさおか・しき（1867-1902）

俳人、歌人。俳句革新運動の中心として活躍。野球の普及にも貢献したが、脊椎《せきつい》カリエス（結核性脊椎炎）を病み、若くして闘病生活を送ることになった。大学予備門で知己となった漱石とは、ともに文学好き、落語好きの『慶応三年生まれ七人の旋毛曲《つむじまが》り』（坪内祐三著）。本項は新聞「日本」の記者として日清戦争に従軍し、帰国の途上喀血した直後の話。1895年当時、漱石は子規の故郷・愛媛松山の尋常中学校に赴任していた。漱石宅への逗留は50日あまりだったというが、「ぴちゃぴちゃ」と、何匹分のうなぎを食したのだろうか。（皆川）

◇

山口瞳

やまぐち・ひとみ（1926-1995）

小説家。鎌倉アカデミアに入学、吉野秀雄、高橋義孝らの師に出会う。出版社勤務を経て、1958年に寿屋（現サントリー）の宣伝部に入社。開高健、柳原良平らと出会い、雑誌『洋酒天国』の編集者兼コピーライターとして活躍。1962年、「江分利満氏の優雅な生活」で直木賞受賞。1979年には「血族」で菊池寛賞を受賞。一方、『週刊新潮』に31年、1614回にわたって「男性自身」を連載、都会的な軽妙なセンスとユーモアで人気を博した。

◇

葉山嘉樹

はやま・よしき（1894-1945）

小説家。「セメント樽の中の手紙」のプロレタリア作家は情にあつい男。取り立てに来た相手に労働者の搾取について説きつつも、結局は代金を払うのである。金銭の管理能力に乏しく、家族は大変だったとは息子の回想。「集金人教育」の初出は1931年。左翼運動弾圧の激化で、翌年には家賃も払えなくなり都落ち。職を求めて移った長野で農家の窮状をみかね転向、満州開拓の推進者に。引揚げ中、非業の死を遂げた。（奥園）

◇

坂口安吾

さかぐち・あんご（1906-1955）

小説家。戦後無頼派の流行作家として「堕落論」「桜の森の満開の下」などが人気を博した。本項は1937年、京都伏見稲荷鳥居前町に住んでいた時の回想。前年、矢田津世子への失恋を経て、生まれ変わるべく長編「吹雪物語」の執筆に苦しんでいたころ。初出は「西日本新聞」1953年3月10日。（奥園）

◇

室生犀星

むろう・さいせい（1889-1962）

詩人、小説家。代表作に詩集「叙情小曲集」、小説「杏っ子」など。本項は小説「借金の神秘」からの抜粋。関係の悪化した女をつなぎ止めるために、売れない作家が成功した文学者の帰宅途中を狙う。奇妙な論理に従い文学者は借金に応じる。貧乏作家はきっと若い女を死守できるだろう、「与へられない者は最も得がたい者を稀に与へられてゐる」と文学者は思うのであった。（奥園）

◇

河盛好蔵

かわもり・よしぞう（1902-2000）

フランス文学者・随筆家。立教大学、東京教育大学などの教授を歴任、フランス・モラリストの研究で著名。「ファーブル昆虫記」など翻訳も多数。内外の知見をベースにした人生論的な随筆も広く読まれた。井伏鱒二を中心とする親睦の会「阿佐ヶ谷会」の戦後のメンバーとして、中央線文士たちとも交流した。（奥園）

◇

辻潤

つじ・じゅん（1884-1944）

評論家、翻訳家。日本ダダイスムの表象。辞職と引き換えに上野高等女学校在職時の教え子、伊藤野枝と結婚。しかし野枝の心は次第に「新しい女」たちの雑誌『青鞜』の編集とアナキスト・大杉栄へと傾き、ついには1923年9月16日、関東大震災直後の「甘粕事件」へと至る。その後あてどない放浪生活に入る辻には、折々現実の借金もあっただろうが、ここで語るのは澱《おり》のごとき心の、人生の、抜けきれない「借金」。「まこと君」こと、のちの画家・辻まことの人生は、竹久不二彦（夢二の次男）、武林イヴォンヌ（無想庵と「宮田」文子の長女）と交錯していく。（皆川）

◇

草森紳一

くさもり・しんいち（1938-2008）

評論家、中国文学者。「三都の古書店に借金のない者は物書き（あるいは学者）とはいえない」の俗諺を地で行く鬼才。本項は所狭しと山積みされた蔵書の一角が崩れ、風呂場に閉じこめられたおりの回想である。中国文学・政治史、江戸・幕末史、マンガ評論など多彩な執筆活動のうちに増え続けた蔵書は東京の自宅に3万2000冊、故郷、北海道音更町の書庫・任梟盧《にんきょうろ》に3万冊。歿後東京の蔵書は、音更町の帯広大谷短期大学に寄贈され、うち2000冊が「草森紳一記念資料室」に展示されている。（皆川）

◇

桂文治

かつら・ぶんじ（十代目）（1924-2004）

落語家。若いころからテレビ・ラジオに多数出演し、CMにも起用された人気者で、真打昇進後の金銭的困窮はなかっただろうが、没落士族の家系で、戦中19歳のときに落語家の父親・初代柳家蝠丸《ふくまる》を亡くし、翌1944年に応召して中国の蘇州に渡るなど、人知れぬ苦労はあったことだろう。さて一人目の掛取り、大家は好物の「狂歌」にノセられて帰ってしまう。二人目の好物は「芝居（歌舞伎）」、三人目の好物は「ケンカ」。さてさて。（皆川）

◇

色川武大

いろかわ・たけひろ（1929－1989）

小説家。色川武大《ぶだい》名義で純文学を、阿佐田哲也名義でギャンブル小説などを描く。自らの患っていたナルコレプシーを巷間に知らしめた。本項の数か月後、1989年2月に読売文学賞を受賞し、翌3月、東京杉並から岩手県一関市へと転居するが、4月急逝。本書は色川のいとこでもある孝子夫人による追想エッセイで、麻雀、競輪、映画、ジャズ鑑賞など多趣味な鬼才の素顔が垣間見られる。（皆川）

◇

尾上菊五郎

おのえ・きくごろう（六代目）（1885－1949）

歌舞伎俳優。立役、女形をこなし、舞踊も得意とした。大正期、初代中村吉右衛門とともに市村座を拠点に活躍、「菊吉時代」と呼ばれた。関東大震災後は座が焼失するなど振るわず、菊五郎も多額の借金を負い、松竹経営の歌舞伎座に移った。日本俳優学校を設立、後進の育成にも尽力した。（奥園）

◇

佐多稲子

さた・いねこ（1904－1998）

小説家。代表作に「私の東京地図」「樹影」など。小学校を5年で退学、キャラメル工場に勤め、無職の父に代わって家計を支える。以降女中奉公などのさまざまな職業経験や、向島の長屋住まいでの生活、神戸の造船所の職工たちとのつきあいなどから学んだことが、プロレタリア作家としての基盤となる。本項の単行本初出、『季節の随筆』万里閣、1941年。（奥園）

◇

竹内浩三

たけうち・こうぞう（1921－1945）

詩人、文筆家。三重県宇治山田市出身。「金が来たら」は日本大学専門部映画科に入学した年の1940年9月、下宿先の高円寺から姉に宛てた手紙の中の一節。カフェ、映画、レコード、古本漁りを楽しんだ太平洋戦争開戦直前の青春である。42年『伊勢文学』を創刊。同9月大学を繰上卒業、入営。45年4月フィリピンにて戦死。享年24。没後37年を経た1982年、ラジオ番組で取り上げられてから注目される。（奥園）

◇

青山二郎

あおやま・じろう（1901－1979）

美術評論家。陶磁器を中心に図抜けた審美眼を発揮した、日本の高等遊民《ランティエ》。「ぼくらは秀才だが、あいつは天才だ」と青山を評した小林秀雄をはじめ、河上徹太郎、中原中也、永井龍男、大岡昇平らとの交流は「青山学院」と称され、白洲正子らには「じいちゃん」の愛称で慕われた。同書には美術出版社・求龍堂の石原龍二、中也の処女詩集を出版した文圃堂・野々上慶一も登場。本項は青山の四十九日法要における一場面である。（皆川）

◇

武者小路実篤

むしゃ（の）こうじ・さねあつ　（1885-1976）

小説家。1936(昭和11)年、欧米美術鑑賞旅行を企図した実篤が、万が一のことを考えて書き置いた遺言状。借金先として名前があがるのは、白樺派の旧友・志賀直哉（のち遠戚に）や洋画家の梅原龍三郎。白樺派の後輩で子爵家の園池公致《きんゆき》と、パトロンとして多額の出資をしていた侯爵家・細川護立《もりたつ》には、いったいどれほど借りていたのだろう。勘解由小路《かでのこうじ》家は母方の実家筋。直木憲一は、共同体「新しき村」への共鳴者だという。遺言は実行されることなく、同年12月、実篤は無事帰朝した。（皆川）

◇

久米正雄

くめ・まさお　（1891-1952）

小説家。代表作「破船」などで知られる大正期文壇の中心作家。映画製作、放送、出版事業にも活躍。文芸誌『人間』を発刊するが、経営を担当した作家・直木三十五が無計画な資金繰りを行ったために苦しめられる。「小鳥籠」は直木の没後、当時の彼（文中では「植木」）を回想して書かれたもの。初出は『改造』1934年4月号。（奥園）

◇

豊島与志雄

とよしま・よしお　（1890-1955）

小説家・翻訳家。代表作に「野ざらし」「白い朝」、翻訳に「レ・ミゼラブル」などがある。児童文学の作品も多い。大学で教えながら執筆活動を続け、文壇の潮流に影響されない独自の作風を保った。晩年の太宰治と親交があり、太宰の死の際、葬儀委員長を務めている。（奥園）

◇

十返舎一九

じっぺんしゃ・いっく　（1765-1831）

洒落本、黄表紙、滑稽本、合巻作者。「東海道中膝栗毛」で人気作家となった一九が作った、文案集のパロディ「諸用附会案文」からの一篇が本項。「たまりました借金を質草としますのでお金をお貸しください。まだ新しい借金ですから値打ちがありますよ。あ、請け戻しはしませんのでそのおつもりで」。（奥園）

◇

夏目漱石

なつめ・そうせき　（1867-1916）

小説家。代表作に「吾輩は猫である」「こころ」など。東大予備門在学時に正岡子規と知り合い、ともに文科大学（東大文学部）に進学。以降、生涯の親友であった。掲載書簡の相手、飯田政良（青涼）は１８８９年生。早稲田南町の漱石の隣家に住んでいた。漱石は飯田の作品の掲載を斡旋したり編集の仕事を紹介するなど、何かと世話を焼いたという。（奥園）

◇

尾崎士郎

おざき・しろう（１８９８－１９６４）

小説家。早大在籍中に社会主義運動に加わり退学、文筆活動に入る。１９３３年から「都新聞」に連載した「人生劇場」によって人気作家に。本項に登場する廣津和郎とは、大正末期から住んだ大森（「馬込文士村」）で知り合い、生涯親交を持った。（奥園）

◇

渋澤敬三

しぶさわ・けいぞう（１８９６－１９６３）

実業家、民俗学者。祖父・渋澤榮一同様銀行家として活躍。第二次世界大戦終了前後に日本銀行総裁、大蔵大臣。財界の重責を負う。また柳田國男の影響をうけ民俗学に傾倒、自邸に私設博物館「アチック・ミューゼアム」、「日本常民文化研究所」を設立し、同人とともに研究活動を行う。パトロンとして宮本常一、今西錦司、網野善彦など多くの学者を支援した。本項の単行本初出は１９５４年。（奥園）

◇

夢野久作

ゆめの・きゅうさく（１８８９－１９３６）

小説家。政治活動家杉山茂丸《すぎやましげまる》の長子として福岡県に生まれる。さまざまな職業を経て小説家となり、畢生の大作「ドグラ・マグラ」（１９３５年）をはじめ、異色の作品群で知られる。「近世快人伝」（１９３５年『新青年』連載）は、実父である杉山茂丸を含む、福岡の傑物たちを博多弁を生かしたスピード感豊かな筆致で活写した人物伝。頭山満《とうやまみつる》（１８５５～１９４４）は、政治団体「玄洋社」の総帥で杉山茂丸の盟友。いわゆる「アジア主義者」として知られるが、豪放にして洒脱であり、本作でも多くの奇抜なエピソードが紹介されている。（末永）

装丁　八田さつき

ＤＴＰ　山口良二

編集　「文豪と借金」編集部
皆川秀（編集・校正者。『彷書月刊』準備室）、目時美穂（明治文化研究家）、奥園隆（校正者）、小村琢磨（方文社）

荻原魚雷

おぎはら ぎょらい

エッセイスト。1969年三重県生まれ。大学在学中から書評、コラムの執筆をはじめ、現在に至る。著書に『古本暮らし』(晶文社)、『古書古書話』(本の雑誌社)、『本と怠け者』(ちくま文庫)など。編著に『吉行淳之介ベスト・エッセイ』(ちくま文庫)、梅崎春生著『怠惰の美徳』(中公文庫)がある。

末永昭二

すえなが しょうじ

大衆小説研究家。1964年福岡県生まれ。立命館大学卒業。著書に『貸本小説』(アスペクト 2001年)など。ほかに「挿絵叢書」シリーズ(皓星社 2016年〜)編者。『新青年』研究会所属。

文豪《ぶんごう》と借金《しゃっきん》

泣《な》きつく・途方《とほう》に暮《く》れる・踏《ふ》みたおす・開《ひら》きなおる・貸《か》す六十八景《ろくじゅうはちけい》

2020年4月29日　第1版第1刷発行

著者　「文豪と借金」編集部・編

発行人　宮下研一

発行所　株式会社方丈社
〒101-0051　東京都千代田区神田神保町1-32 星野ビル2階
tel.03-3518-2272 / fax.03-3518-2273　ホームページ http://hojosha.co.jp

印刷所　中央精版印刷株式会社

ISBN978-4-908925-62-7